El café de las segundas oportunidades

Clara Ann Simons

El café de las segundas oportunidades

Clara Ann Simons

Copyright © 2023 por Clara Ann Simons.

Registrado el 03/03/2023 con el número **2303033717517**

Todos los derechos reservados. Ninguna sección de este material puede ser reproducida en ninguna forma ni por ningún medio sin la autorización expresa de su autora. Esto incluye, pero no se limita a reimpresiones, extractos, fotocopias, grabación, o cualquier otro medio de reproducción, incluidos medios electrónicos.

Todos los personajes, situaciones entre ellos y sucesos aparecidos en el libro son totalmente ficticios. Cualquier parecido con personas, vivas o muertas o sucesos es pura coincidencia.

La obra describe algunas escenas de sexo explícito por lo que no es apta para menores de 18 años o la edad legal del país del lector, o bien si las leyes de tu país no lo permiten.

La portada aparece a afectos ilustrativos, cualquier persona que aparezca es una modelo y no guarda ninguna relación en absoluto con el contenido del libro, con su autora, ni con ninguno de los protagonistas.

Para más información, o si quieres saber sobre nuevas publicaciones, por favor contactar vía correo electrónico en claraannsimons@gmail.com

Twitter: @claraannsimons

Índice

CAPÍTULO 1 — 5

CAPÍTULO 2 — 14

CAPÍTULO 3 — 24

CAPÍTULO 4 — 35

CAPÍTULO 5 — 48

CAPÍTULO 6 — 61

CAPÍTULO 7 — 69

CAPÍTULO 8 — 78

CAPÍTULO 9 — 88

CAPÍTULO 10 — 100

CAPÍTULO 11 — 114

CAPÍTULO 12 — 127

CAPÍTULO 13   **136**

CAPÍTULO 14   **145**

CAPÍTULO 15   **153**

CAPÍTULO 16   **164**

CAPÍTULO 17   **171**

CAPÍTULO 18   **179**

OTROS LIBROS DE LA AUTORA   **183**

Capítulo 1

Phoenix

—Respira hondo y cuenta hasta diez —susurra una de mis empleadas cogiéndome por el codo.

Casi se puede saborear en el aire; una deliciosa mezcla de granos moliéndose con cariño para producir el mejor café recién hecho. El dulce aroma de los pasteles, listos para servirse en la gran inauguración. El café de Phoenix, mi sueño por fin se hace realidad.

Camino una y otra vez sobre el suelo de madera, observando cada detalle que tengo ante mí. Estudio de nuevo cada mesa, cada silla, cada ornamento. Todo debe estar perfecto. En el exterior he colocado un llamativo letrero en madera tallada y en la cocina se afanan por tener lista la bollería con la que obsequiaremos a los visitantes en la inauguración.

En breve, las mesas se llenarán de animadas charlas y risas contagiosas. Sé que debería estar feliz, pero me encuentro tan nerviosa que apenas puedo respirar. Han sido años de preparación y esfuerzo y por fin ha llegado el momento por el que tanto he luchado.

—Phoenix, relájate. Todo va a salir bien —me asegura otra de mis empleadas.

En la última semana, he sido un manojo de nervios. Ni siquiera me reconozco a mí misma. No duermo, bebo un café tras otro, reviso cada pequeño detalle. Las chicas que serán mis empleadas a partir de hoy me miran con asombro. Espero que comprendan que es algo excepcional y que mi estilo de gestión será diferente cuando esté más tranquila.

—Perdona, estoy demasiado nerviosa —reconozco intentando forzar una sonrisa.

—No te preocupes, es natural —susurra—. Todo está listo y va a salir perfecto.

—¿Podéis venir un instante? —solicito haciendo un gesto con las manos para que todo el equipo se acerque.

Las chicas que me acompañarán en esta aventura caminan con pequeños pasos hasta donde me encuentro y me rodean. Visten de manera elegante, con una camisa blanca, pantalones negros y un delantal de color oscuro con el logotipo del café.

—Antes de que abra las puertas, quiero agradeceros el trabajo duro preparándolo todo para este momento. Gracias por aguantar mis nervios y mi mal humor esta última semana. Hoy haremos que todo valga la pena —anuncio intentando mantener la calma a pesar de que mis manos tiemblan.

—Solo una cosa antes de abrir, jefa —interrumpe una de las camareras.

Hago una pausa alzando las cejas, pero no dice nada. Abandona el pequeño grupo y se dirige a la cocina, sus pasos resuenan en el silencio del café. Apenas medio minuto más tarde, regresa apresuradamente portando una botella de champán cuyo corcho salta por los aires con un estruendo.

—¡Como os manchéis ahora os mato! —amenazo al ver que empiezan a servir una copa para cada una de nosotras.

—¿Lista para triunfar, jefa?

—¡Hoy es tu día! —exclama otra de las empleadas.

Se me escapa una sonrisa tonta mientras brindo con ellas y tras volver a meter todas las copas en la cocina me dirijo a la entrada. Con un rápido movimiento, doy la vuelta al cartel de "cerrado" y anuncio a todos los que esperan en la calle que ya estamos abiertos.

La gente se arremolina. El pequeño café se llena de caras conocidas y de otras que espero conocer muy pronto. Sé que muchos están aquí solo por compromiso, otros porque en la primera hora de la inauguración daremos café y bollería gratis, pero mi mente no puede dejar de imaginar lo que serán los siguientes días.

Todos los músculos de mi cuerpo se tensan mientras observo la expresión de los comensales. Este ha sido mi sueño literalmente durante años. He dibujado incontables bocetos, he pensado ideas para el menú, he probado más recetas de bollería de las que puedo contar. He visitado todos y cada uno de los cafés de Edimburgo para inspirarme en lo mejor de ellos.

Un sueño que me ha costado cada gramo de sudor y cada céntimo que he ahorrado desde que era una niña. Eso sin contar con que mis padres han tenido que avalar el crédito que me ha concedido el banco. Un crédito que, si las cosas salen mal, tardaré toda la vida en devolver. Es el momento de saber si la gente aprecia lo que he construido.

—Mira Lorena, es mi hija, la dueña del café —escucho a unos metros de mí y de inmediato se dibuja una sonrisa en mis labios.

—Mamá, habéis venido —exclamo mientras me fundo en un largo abrazo con mi madre.

—No nos lo hubiésemos perdido por nada de este mundo —asegura mi padre acariciando orgulloso mi espalda.

—Os agradezco infinito vuestro apoyo, pero agradecería mucho más que compraseis algo dentro de un rato cuando empecemos a cobrar —insinúo con una pizca de actitud pasivo agresiva.

—Eso está hecho, aunque tu padre ya se ha ido al mostrador a probar lo que dais gratis —anuncia señalando con la barbilla.

A continuación, me dedica una cálida sonrisa y coloca las manos sobre mis hombros, mirándome a los ojos con una confianza que siempre me da fuerzas.

—¿Qué se siente al cumplir tu sueño, Phoenix? No te olvides de respirar, hija —añade.

—Un millón de cosas podrían salir mal —suspiro.

—Y un millón de cosas podrían salir bien.

—Sí, pero…

—Pase lo que pase, te has esforzado al máximo y debes estar orgullosa de lo que has conseguido. ¿Qué te hemos dicho siempre en casa?

—El primero que fracasa es el que nunca lo intenta —murmuro encogiéndome de hombros.

—Exacto. ¡Puedes hacerlo, Phoenix! Será un éxito.

—Será un éxito —repito en un intento de darme ánimos.

—¿Sabes? Todavía recuerdo la primera inauguración del Café de Phoenix. Tenías unos cinco años y te habían traído por Navidad una pequeña cocina de juguete que colocamos en tu habitación. Hiciste que tu padre y yo nos sentásemos y pidiésemos comida. A continuación, nos serviste durante horas deliciosa comida y bebida imaginaria que preparabas con dedicación. Parecías tan feliz…

—Aquel fue un gran día, todavía lo recuerdo —suspiro.

Minutos más tarde, mi padre regresa con dos tazas de café y un cruasán al que le falta uno de los cuernos, que ha sido arrancado de un mordisco por el camino. Un tributo inevitable tratándose de mi padre, no se puede resistir.

—Veo que has invitado a todo tu club de lectura —exclamo señalando con la barbilla a un grupo de mujeres de más o menos la edad de mi madre—. ¿Ya no te molesta que vean que tu hija tiene un pequeño café y no un despacho de abogados? —bromeo recordando todo lo que insistieron mis padres para que estudiase derecho.

—Lo único que tienen que saber es lo orgullosa que estoy de ti —me asegura mi madre.

Mirando alrededor veo muchas caras conocidas. Amigos, vecinos, antiguos compañeros de instituto, todos han hecho un esfuerzo para que este momento se haga realidad. Mientras recibo sus felicitaciones, no puedo evitar pensar en que no he logrado esto yo sola. Desde el apoyo moral al financiero, mucha gente que forma parte de mi vida ha contribuido a hacer realidad mi sueño. Este momento extraordinario no es solo mío y de pronto me invade un extraño sentimiento de gratitud.

Sacudo la cabeza intentando no llorar y regreso al mostrador para servir una de mis pronto famosas magdalenas. Un café tras otro, por fin son las ocho menos cuarto, ya casi llega la hora del cierre. Hoy hemos decidido cerrar a las ocho en punto para tener una pequeña celebración más íntima. Mañana será un largo día, el primero de muchos, y nos lo merecemos.

No quiero ni pensar en cómo serán mis jornadas. Hoy, con los nervios, me siento tan cansada como si hubiese corrido una maratón. Tan solo deseo volver a mi casa y darme un largo baño relajante mientras bebo una copa de vino.

Me hundo en uno de los mullidos asientos a esperar el cierre cuando una figura llama mi atención. Su mirada me atraviesa antes incluso de que pueda fijarme en ella. Reconocería esos ojos grises aunque pasase un montón de años sin verlos. Seis, para ser exactos.

Lleva el pelo más largo, una cascada de rizos morenos le caen hasta los hombros y la ligera sonrisa de sus labios me devuelve a un tiempo pasado.

—Hola, Phoenix —susurra.

—Erin —respondo intentando que no se me quiebre la voz, aunque creo que no lo consigo.

¿Qué coño hace Erin Miller aquí? Es como un fantasma que regresa desde mi pasado. No la había visto desde hace seis años, tras aquella fatídica noche de besos robados y sexo fantástico a escondidas.

Me quedo petrificada. Mi cerebro se desboca, se acumulan en él infinidad de preguntas y confusión. No recuerdo muy bien cómo llegué a hacerme amiga de alguien como Erin Miller, la chica rebelde del instituto. Esa que rompía corazones sin importarle las consecuencias. Tan solo sé que una noche loca, tras bastante alcohol, acabó pasando algo que preferiría olvidar para siempre.

Después, desapareció.

Y ahora vuelve tras todo ese tiempo, llenando el local de una energía que no se puede expresar con palabras. Y parece que nada ha cambiado, cada una de sus sonrisas libera un ejército de mariposas en mi estómago que no deberían estar ahí. Pero esta vez será diferente.

Juro que será diferente.

Capítulo 2

Erin

"Ha sido una mala idea volver a Edimburgo". Me repito una y otra vez mientras me retuerzo nerviosa en el asiento trasero del taxi que me lleva al centro de la ciudad. Ese mismo pensamiento me acompaña desde que pasé el control de seguridad en el aeropuerto de Heathrow y se ha acentuado ahora que me encuentro delante de la puerta del café de Phoenix.

Un precioso cartel en madera tallada colgado sobre la entrada le da un toque acogedor. Se balancea ligeramente con cada ráfaga de viento en este día de verano y la iluminación casi te invita a adentrarte en el local.

He estado seis años ausente de la vida de Phoenix. Mis cortas estancias en Edimburgo han sido solamente para visitar a mi abuela y, en los últimos tres años, a la pequeña Vika. Siempre demasiado breves, pero nunca me atreví a llamar a Phoenix. Quería dejar atrás lo que ocurrió entre nosotras.

Respiro hondo y dejo salir el aire lentamente, armándome de valor antes de colocar mi mano sobre el pomo de la puerta. Al dar un giro brusco hacia la derecha, la puerta se abre con un chirrido que me acelera el corazón y observo a Phoenix levantarse del mostrador. De pronto, se queda parada, casi petrificada, como si acabase de ver a un fantasma. Aunque pensándolo bien, puede que para Phoenix yo sea justamente eso, un fantasma de su pasado a quien preferiría no haber visto.

—Hola, Phoenix —susurro, levantando una mano a modo de saludo.

—Erin —responde ella, creo que todavía confusa al verme entrar en su café.

A pesar del tiempo transcurrido, nada parece haber cambiado. Lleva el pelo recogido en un moño un poco despeinado. La blusa blanca y el pantalón negro se ajustan a la perfección a su figura. Sus ojos azules siguen teniendo una profundidad infinita y en cuanto vuelvo a ver esos labios carnosos regresa a mi memoria aquella noche en la que me perdí en ellos.

La tenue luz del local y los tonos ligeramente oscuros dan al lugar un toque de misterio, como los libros de Ágatha Christie que tanto le gustaban en el instituto. Huele a café recién hecho y a magdalenas. La música de jazz que suena de fondo se me asemeja a una melodía melancólica.

—¿Qué haces aquí? —pregunta con el rostro muy serio.

—No quería perderme un día tan importante para ti —respondo, aunque para ser honestos ni yo misma sé por qué he venido a su inauguración.

—Qué amable, dejar aparcada tu ajetreada vida en Londres para venir a mi café —añade con un toque de ironía, sin dejar de fruncir el ceño.

Cierro los ojos y meneo ligeramente la cabeza. Las cosas en Londres no van precisamente bien, pero no voy a sacar el tema justo ahora.

—Ha merecido la pena —confieso con mi mejor sonrisa.

Por unos instantes me quedo asombrada por el decorado del café. Puedo ver en él alguno de nuestros antiguos planes. Ha sido su obsesión desde que era una niña y, durante un tiempo, cuando éramos amigas, pasamos muchas horas hablando del café que un día pondríamos juntas. Pero eso fue hace ya mucho tiempo.

Para mi sorpresa, Phoenix da un paso adelante y se acerca a mí para abrazarme. Me envuelve la nostalgia de un tiempo pasado al percibir el aroma de su perfume, parece que le sigue gustando un toque de ligeras notas de madera con lavanda y vainilla.

—Supongo que me alegro de verte —suspira junto a mi oído y todo mi cuerpo se estremece.

En el fondo, estaba casi esperando que me lanzase algo a la cabeza nada más verme y su reacción me descoloca por completo.

—¿Quieres tomar algo?

—Un café, si puedes. Me gusta…

—Negro y sin nada de azúcar —responde por mí.

—¿Te acuerdas?

—Sí, es irónico que el café que te gusta sea igual que tu personalidad —responde dirigiéndose a la máquina de café.

Dejo escapar un suspiro, comprendiendo que si no me ha tirado nada a la cabeza es porque sigue siendo muy educada y antes de que me pueda dar cuenta vuelve con dos tazas de humeante café. Rodeando la mía con las manos, me aferro a su calor como queriendo que me reconforte mientras pienso en algo que decir.

—Bueno, ¿cómo estás? —es Phoenix quien rompe el incómodo silencio.

Respiro hondo y hago una pausa para ordenar mis pensamientos. Trabajar en una gran empresa financiera en la City puede parecer glamuroso. Sin embargo, dista mucho de ser lo que parece.

—Estoy bien —respondo sin querer dar más detalles— ya sabes cómo es. Largas horas de trabajo.

—Tu hermana me dijo una vez que habías comprado un apartamento frente a Hyde Park. Por cierto, siento mucho lo de tu hermana, ha sido una putada —se apresura a añadir.

—No pasa nada, gracias. Sí, tengo un apartamento con vistas a Hyde Park que me cuesta un riñón cada mes a la hora de pagar la hipoteca —confieso alzando las cejas.

—Tiene que estar bien eso de poder dar paseos por Hyde Park cuando quieras.

—Supongo —suspiro.

La conversación está siendo más difícil de lo que esperaba, pero es que no sé por qué extraño motivo he supuesto que podría ser fácil. Son seis largos años y la última vez que nos vimos me cruzó la cara de un bofetón como despedida.

—¿Sales con alguien? —pregunta de pronto.

—Estoy saliendo de una relación, es un poco complicado —suspiro.

Ya, desde que te conozco siempre has estado saliendo de una relación. Veo que sigues sin aguantar mucho dentro de una.

—¿Y tú? ¿Estás con alguien? —prefiero contraatacar para no responder a su comentario.

—No, salvo que se pueda tener una relación con un café. He puesto cada gota de energía en este negocio.

—Bueno, parece que ha merecido la pena.

—Eso espero. Por cierto, ¿cómo te has enterado? No creo que haya salido en las noticias de Londres.

—Me lo contó mi abuela —admito encogiéndome de hombros—todavía te adora.

—Y yo a ella, es un cielo de mujer. Y tu sobrina está para comérsela. ¿Se arregla bien tu abuela para cuidar de una niña de tres años?

Retiro inmediatamente la mirada porque su comentario me causa una punzada de dolor. Vika es una niña buenísima, pero mi abuela está ya mayor. Nos tuvo que sacar adelante a mi hermana y a mí durante la adolescencia y ahora debe hacerlo con Vika desde que tenía dos años. La vida, a veces, es una putada.

—¿Va todo bien?

—Sí, tranquila, es que llevo una temporada con bastante estrés. Necesitaba estar un tiempo de vuelta en Edimburgo para desconectar. Ya sabes, como unas vacaciones o algo así —miento, haciendo un esfuerzo para que las lágrimas no me traicionen.

Phoenix me mira fijamente, ladeando la cabeza, y me doy cuenta de que le cuesta creer mi improvisado relato. Siempre ha sido una persona muy empática y estoy segura de que tiene la sospecha de que hay algo más detrás de mi regreso a Edimburgo. No estoy preparada para hablar de ese tema. Si volvemos a reconectar como hace años puede que algún día lo haga, pero no ahora.

—Me ha dicho mi abuela que ya no vives con tus padres —pregunto para cambiar de tema.

—He comprado un apartamento a las afueras. Los precios en el centro son prohibitivos.

—Una casa significa una apuesta a largo plazo por Edimburgo.

—¡Qué quieres que te diga! —suspira, señalando con el dedo el café en el que nos encontramos—. No creo que me vaya a mover de aquí en mucho tiempo.

Tras responder, coge su teléfono y desliza su dedo por la pantalla como consultando algo. Al observarla, me doy cuenta de que nuestra conversación se parece a la que mantendrían dos personas que apenas se conocen y me duele admitir que ahora estemos así.

—¿Todo bien? —pregunto.

—Vamos a cerrar en unos minutos y tengo que limpiar para que todo esté a punto mañana temprano. Ya sabes que es una zona muy turística —explica a modo de disculpa.

—¿Quieres que te ayude?

—No, gracias —se apresura a responder—. Eres muy amable pero tengo a mi personal. Además, nos vamos a quedar para celebrar el éxito de la inauguración.

Escondidas tras la amabilidad de su respuesta, no puedo evitar escuchar esas palabras que no dice. Resumiendo, no quiere que me quede, Phoenix ya no quiere tenerme cerca. Sonrío, pero una punzada de dolor atraviesa mi corazón. Hablamos tantas veces de este café que es imposible no pensar que yo he formado parte de él de algún modo.

—Bueno, pues...felicidades. Supongo que nos veremos —añado poniéndome en pie para abandonar el local.

—Gracias por venir —susurra.

Nos quedamos en una de esas situaciones incómodas en las que no sabes si tenderle la mano a modo de despedida o abrazarla. Opto por la segunda opción. ¿Qué es lo peor que puede pasar? ¿Qué me eche de su local? En la práctica ya lo está haciendo, aunque de manera educada.

Dibujo en los labios mi mejor sonrisa, esa que tan bien me ha funcionado en el pasado, y extiendo los brazos para abrazar su cuerpo. Phoenix se tensa una fracción de segundo, pero pronto se deja abrazar, algo que aprovecho para que dure algo más de lo necesario.

Antes de adentrarse en la cocina, me dedica una sonrisa. Me tomo un instante para detenerme y asimilar la situación. Sigue tan guapa como siempre y me impresionan las ganas de triunfar con su sueño de toda la vida. Toda su vida tuvo claro lo que quería, incluso cuando sus padres intentaban quitárselo de la cabeza una y otra vez para que estudiase derecho. Phoenix siempre supo que un día abriría este café. Ojalá todo le salga de maravilla. Ojalá yo tuviese tan claro mi futuro.

La observo durante lo que me parece un período de tiempo inapropiadamente largo y giro sobre mis talones para abandonar el local. El sol ya se ha puesto y el frío aire de Edimburgo golpea mi rostro contrastando con el agradable calor del café. No ha salido como yo esperaba, pero aún tengo tiempo.

Capítulo 3

Phoenix

Sabía que las jornadas de trabajo en el café iban a ser duras, pero no esperaba que lo fuesen tanto. En los dos días que lleva abierto han sido más de doce horas cada uno de ellos y mi cuerpo empieza a resentirse.

Frente al espejo, abrocho de manera casi ceremoniosa la camisa blanca de cuello Mao que abriga mi piel a la perfección y no puedo evitar girarme para comprobar que los pantalones negros tienen el efecto deseado en la manera que resaltan mi culo. Unas gotas de perfume son el último toque antes de salir de mi dormitorio dispuesta a enfrentarme al tercer día de trabajo en el café.

Por último, ajusto sobre la camisa una pequeña placa de plástico en la que se lee "gerente". Tan solo contiene unas pocas letras, pero tiene un peso enorme, es la realización de mi sueño. Cada vez que la miro se me pone la piel de gallina.

Según comienzo a bajar las escaleras, la puerta de la calle se abre y mi madre aparece con una taza de café en la mano. Niego con la cabeza y suspiro. La quiero mucho, pero no tiene límites. Empiezo a pensar que darle una llave de mi casa ha sido una gran equivocación.

—¿Qué haces aquí? —protesto dejando escapar un pequeño bufido.

—¿Es delito traerle un café a mi hija por la mañana?

—Literalmente estoy todo el día rodeada de café, mamá —me quejo.

—Este lleva amor de madre.

Tras el comentario, se sienta en el sofá, ignorando el hecho de que estoy a punto de salir por la puerta, y mucho me temo que ha venido por algo en concreto.

—Me han dicho que Erin Miller está en Edimburgo —suelta sin más preámbulos.

Gruño. Odio este tipo de asaltos a los que mi madre es tan aficionada.

—Lo sé, mamá. La he visto el día de la inauguración del local. Pasó por allí un rato poco más tarde de que vosotros os marchaseis. Estuvimos charlando.

—Pensaba que ya no os hablabais —interrumpe mi madre sorprendida—. Bueno, si no quieres hablar de ello no pasa nada, pero sigo opinando que algo serio ocurrió entre vosotras hace seis años. Te pones muy tensa cada vez que saco el tema.

—Pues no lo saques, joder —me quejo haciendo una mueca de disgusto.

—¿Ves a lo que me refiero?

—A ver, mamá. Erin y yo ya no estamos tan unidas como antes. Eso es todo. Cada una de nosotras ha tomado un camino diferente, éramos muy amigas pero ella se marchó a Londres y yo me quedé aquí. Han pasado unos cuantos años y la gente cambia. Ya está, eso es todo —le explico, intentando dar por zanjada la conversación.

—¿Entonces no pasó nada?

—¡Joder, qué pesada eres!

Mi madre levanta los brazos haciendo un gesto como que no quiere discutir, pero sé que algún otro día volverá a la carga, sobre todo ahora que Erin está en la ciudad. Es un tema recurrente en ella, uno de esos que saca de vez en cuando. Casi tan recurrente como la eterna pregunta de si tengo novio porque le gustaría ser abuela.

Lo que ocurrió con Erin quise contárselo aquella misma noche. Bueno, más bien al día siguiente porque aquella noche llegué a casa bien entrada la madrugada, confusa y algo borracha. Ahora pienso que no se lo contaré nunca, es una de esas conversaciones que son muy difíciles de mantener con tu madre.

—Mira, no sé lo que pasa por la mente de Erin Miller y ahora me tengo que ir —tercio dando por cerrada la conversación.

Y, sinceramente, no tengo ni idea de lo que ha ocurrido para que Erin vuelva a Edimburgo después de tanto tiempo. Y mucho menos qué cable se le ha cruzado para pasar por mi café el día de la inauguración.

—Vale, me quedo a plancharte algo de ropa. Si quieres hablar estoy dispuesta. No debe ser fácil volver a verla después de toda esa historia.

—¿De qué coño de historia hablas?

Quizá me estoy poniendo demasiado a la defensiva, pero es que las palabras de mi madre empiezan a preocuparme.

—Bueno, ya sabes, erais mejores amigas y todo eso. Tiene que ser difícil separarse durante tantos años y volver a verse. Tan solo me refería a eso. ¿Qué es lo que creías? —pregunta arqueando las cejas.

—Olvídalo.

Con manos temblorosas, cojo el bolso y me aseguro de que llevo el teléfono móvil y las llaves para abrir el café. La conversación con mi madre me ha dejado un regusto extraño, como si supiese más de lo que debería saber.

La zona donde vivo es un remanso de paz. Aquí no existe el tráfico del centro de Edimburgo. Pasan pocos coches y no hay ni rastro de los turistas que llenan la ciudad cada día. Tan solo el trinar de los pájaros te recibe cada mañana, incluso medio kilómetro a la derecha hay una pequeña granja con ovejas y vacas. No es que yo haya buscado esa tranquilidad, pero es la única zona en la que me puedo permitir una casa y tiene buenas combinaciones para llegar al centro.

Pero la tranquilidad de la mañana se ve rota por el ruido sordo del motor de un Jeep que cada vez es más fuerte a medida que se acerca. Meneo la cabeza con disgusto y cuando me giro distingo una pegatina que conozco demasiado bien. *"Lesbiana a bordo"*. Lo que me faltaba.

El viejo Jeep azul, más oxidado de lo que lo recordaba, aminora la velocidad y se detiene a unos metros de mí. He montado tantas veces en ese coche que ya ni me acuerdo, es un milagro que siga funcionando porque ya era viejo hace seis años.

—¿Qué coño haces tú aquí? —inquiero enfadada.

—¿Quieres que te lleve? —pregunta Erin bajando la ventanilla del conductor.

—Puedo coger el bus.

—Pues me parece una auténtica gilipollez pudiendo ir en coche —espeta encogiéndose de hombros. Parece que no ha cambiado en todos estos años.

—Erin, ¿no tienes nada que hacer? Además, ¿cómo sabes dónde vivo?

—No puedo revelar mis fuentes de información, pero no sabes todo lo que me ha costado llegar hasta aquí. Me he perdido varias veces y he pisado mierda de vaca con una de las ruedas traseras.

Entorno los ojos y miro al cielo, dejando escapar un largo suspiro de rendición. Erin sigue siendo Erin y es muy capaz de seguirme a cinco kilómetros por hora hasta conseguir que me monte en el coche con ella. Sé bien lo obstinada que puede llegar a ser.

—Está bien —claudico abriendo las manos y rodeando el coche para subirme junto a ella.

Erin sonríe, pero no dice nada. Mientras lucho por abrocharme un cinturón de seguridad que se niega a cooperar, me fijo en lo desgastado que está ya el asiento de cuero, mucho más de lo que lo recordaba. Por aquel entonces, en nuestro último año de instituto, ese Jeep me parecía lo máximo. Lo había heredado de su padre cuando murió. Ahora me parece un trasto inútil que se mantiene en pie tan solo por inercia.

—Veo que sigues con los mismos gustos musicales —comento al ver la colección de CDs de grupos clásicos del heavy metal.

—Algunas cosas no cambian —responde con un guiño de ojo antes de pisar el acelerador e incorporarse a la carretera que nos llevará al centro de Edimburgo.

En la radio suena *"Perfect Strangers"* de Deep Purple y pienso para mí que si no lo ha elegido ella misma, el destino tiene un sentido del humor algo macabro.

Permanecemos en silencio durante un buen rato, ahora es *"I Want to Know What Love Is"* de Whitesnake la canción que suena de fondo y mi mente viaja sin que pueda evitarlo a un tiempo pasado. Al instituto, a las fiestas, a todas las noches en las que dormí en su casa, a aquella última noche en la que acabamos haciendo el amor.

—¿Ya sabes cuánto tiempo te vas a quedar? —pregunto, en parte para romper el incómodo silencio y en parte por curiosidad.

—No lo sé. De momento otras tres semanas más, pero en realidad no lo sé con seguridad —responde sin darle mayor importancia antes de girar a la izquierda y adentrarse en el centro de la ciudad.

La observo conducir y no puedo evitar volver a fijarme una vez más en lo hermosa que es. Recuerdo en el instituto a una de las múltiples chicas con las que pasó alguna noche y luego acabó dejando. Entre sollozos, me decía que Erin había sido bendecida con una personalidad arrolladora, un físico de infarto, los pezones más bonitos del universo y para que no pudiese ser perfecta, algo en su cabeza le impedía el más mínimo compromiso.

No me puedo permitir encariñarme de nuevo con esta mujer. Se marchará otra vez y quién sabe si pasarán otros seis años sin que volvamos a vernos. Si lo hago, me dolerá el doble cuando se vaya. Debo mantener la distancia.

Abro y cierro la boca varias veces, intentando forzar unas palabras que no salen, aunque en mi cabeza tenga claro lo que quiero decir. Permanecemos el resto del viaje calladas mientras callejeamos por las calles centrales de Edimburgo de camino a mi café. Supongo que eso es bueno, porque ambas necesitamos tiempo para pensar.

"Every Rose Has Its Thorn" del grupo Poison suena de fondo cuando el Jeep se detiene frente a mi local.

—Gracias —susurro antes de bajarme del coche—. Deberíamos volver a vernos antes de que te marches de la ciudad —añado, aunque me arrepiento de mis palabras en cuanto las pronuncio.

Maldita sea, ¿por qué he tenido que decir eso? Erin conserva ese magnetismo extraño que no te permite pensar con claridad cuando estás a su lado. Ese que ha causado tantos disgustos a más chicas de las que puedo recordar cuando éramos más jóvenes y que supongo que sigue haciéndolo.

En el fondo, me gustaría saber qué ha sido de su vida en los últimos seis años y por qué no parece querer hablar de ello. También quiero respuestas. Me gustaría saber por qué hizo lo que hizo aquella noche y por qué desapareció al día siguiente.

—Me encantaría ponernos al día —responde y vuelve a utilizar esa sonrisa que me pone tan nerviosa.

Me pierdo en la profundidad de esos hermosos ojos grises una vez más, en esa boca, en su sonrisa repleta de seguridad. Mierda.

—Esta noche voy a invitar a unos amigos a mi casa. Será algo tranquilo, sacaremos algunos juegos y pasaremos el rato mientras comemos unas pizzas. ¿Te apetece venir?

Me dan ganas de darme una palmadita en la espalda a mí misma por la brillante estrategia. Tendré la oportunidad de ponerme al día con Erin y al mismo tiempo estar en un entorno seguro, rodeada de amigos que impedirán cualquier tentación. No es que vaya a tenerla, por supuesto. Estoy segura de que no caería de nuevo en sus brazos, pero prefiero no quedarme a solas con Erin. Estar rodeada de otra gente evitará que nos metamos en situaciones incómodas o algo peor.

—Allí estaré —susurra con ese guiño de ojos que estoy segura que ensaya cada mañana ante el espejo, porque es imposible que le salga tan seductor de un modo natural.

Tras decir esas palabras, gira la llave de su viejo Jeep y se pone en marcha con el motor retumbando en mis oídos. A juzgar por el humo que sale de su tubo de escape, estoy casi convencida de que ese coche no puede pasar las normativas medioambientales.

Esta noche espero obtener algunas respuestas y pasar página con Erin. Quizá seguir siendo más o menos amigas, unas amigas de esas que hablan cada dos meses por Skype. Solo tengo que evitar estar a solas con ella durante tres semanas. No puede ser tan difícil. Quizá esta noche nos aburramos mucho y se dé cuenta de que no quiere volver a verme. Sí, claro, es más probable que amanezca con tres soles que aburrirnos con Erin Miller.

Capítulo 4

Erin

No sé por qué me visto para impresionar. Es una tontería, tan solo vamos a comer unas pizzas y a pasar el rato. Estaremos rodeadas de amigos de Phoenix a los que ni siquiera conozco y, aun así, quiero estar guapa para ella.

Me miro al espejo y compruebo que el pantalón vaquero se ajusta perfectamente a mi culo. Elijo el sujetador más fino que encuentro, una blusa blanca con transparencias. Si Phoenix quiere desviar la mirada, le daré motivos para hacerlo.

—¿Dónde vas tan guapa? —pregunta mi abuela mirándome sorprendida por encima de sus gafas de pasta—. ¿Tienes alguna cita?

—Es halagador que pienses que estoy lo bastante guapa como para una cita —respondo acercándome a ella para darle un beso.

—Tía *Elin*, ¿me *llevaz* contigo?

La pequeña Vika alza los brazos para que la coja en cuello y no puedo evitar que se me escape una sonrisa tonta. Nunca me han gustado los niños, ni siquiera un poquito, pero Vika consigue ablandarme el corazón.

—¿Dónde vas? —insiste mi abuela.

—Voy a pasar un rato con Phoenix. Ha invitado a unos amigos, pediremos unas pizzas y jugaremos a algún juego de mesa o algo así —respondo encogiéndome de hombros.

—Es una chica maravillosa —suspira mi abuela—. Todos los meses me trae una caja con esas deliciosas magdalenas que prepara. Vika las devora.

Sonrío y un extraño calor recorre mi cuerpo. Una de las muchas cualidades de Phoenix es su constante preocupación por los demás. Es una de esas personas que son buenas sin esperar nada a cambio, simplemente porque sí, porque lo son. Siempre he admirado mucho esa faceta.

—Bueno, me voy, no me esperes despierta —me despido cogiendo las llaves del coche.

—Diviértete.

—Gracias.

—¡Tía *Elin*!

—Dime, preciosa —susurro poniéndome en cuclillas para estar a la altura de la niña.

—De *mayol* yo *tammién* voy a *zer* un putón.

—¿Qué has dicho? —pregunto confusa.

—La amiga de Abu dice que tú *eles* un putón. Yo cuando *zea mayol tammién quielo*.

Meneo la cabeza y le dedico una mirada asesina a mi abuela. No sé qué conversaciones se trae con sus amigas delante de la niña, pero tendré que averiguarlo más tarde.

Girando la llave, el motor de mi viejo Jeep se pone en marcha con un rugido y salgo del garaje con precaución, me ajusto el cinturón de seguridad, giro a la derecha para incorporarme a la carretera y…

¡Pam!

Joder, el contenedor de basura otra vez. Es la tercera vez que le doy un golpe desde que estoy en Edimburgo. Eso es que lo colocan mal o que el Jeep tiene algún ángulo muerto.

A pesar de haber estado esta mañana en la casa de Phoenix, me pierdo un par de veces. Está oscuro y nunca he sido muy buena con las direcciones. Antes conocía este lugar como la palma de mi mano, pero ahora todo me parece extraño, han cambiado demasiadas cosas.

—Su destino está a la derecha —indica el GPS que de poco me ha servido para llegar.

Detengo el vehículo y escudriño en la oscuridad para asegurarme de que efectivamente he llegado a la casa de Phoenix. Me tomo unos momentos para observarla. Cuando íbamos al instituto bromeábamos diciendo que compartiríamos casa algún día y siempre hablábamos de algo parecido a esto. Es como volver a un tiempo pasado. O haber visto de pronto el futuro que imaginábamos hace años, solo que sin mí en él. Los coches en la entrada me indican que soy la última en llegar.

Toco el timbre y Phoenix no tarda mucho en abrir. Sonríe, aunque mis ojos se desvían a su ombligo que asoma por debajo del top blanco que lleva puesto. Por alguna extraña razón, los ombligos me parecen la cosa más sexy del universo.

—Hola —susurra. Juraría que me mira raro, seguramente porque me ha pillado con los ojos en su ombligo.

—Hola —repito.

—Pasa, ya estamos todos.

Mi mirada se mueve de un lado a otro del salón y se detiene de manera rápida en el aspecto de los cuatro desconocidos. Dos hombres y dos mujeres, más o menos de nuestra edad.

Phoenix hace las presentaciones tocándome ligeramente en el hombro.

—Esta es Erin —su dedo índice apunta en la dirección de cada uno de ellos mientras los va presentando—. Tyler, Emma, Caleb y Sarah.

—Encantada de conoceros —saludo.

—Encantada de conocerte a ti —dice una de las chicas, Emma creo que se llamaba—. Siempre es bueno conocer a las amigas de Phoenix.

Me siento en un sofá gris mientras observo las fotografías en la pared y me doy cuenta de que no aparezco en ninguna de ellas.

—¿Cómo habéis conocido a Phoenix? —pregunto para romper el hielo.

—Emma y yo fuimos con ella a la universidad —responde Sarah.

—Yo soy el novio de Sarah —explica Tyler.

—Y a mí me han adoptado —añade el otro chico ajustándose la gafas y encogiéndose de hombros. Tiene un poco pinta de friki.

—Y vosotras, ¿cómo os habéis conocido? —pregunta Sarah que parece la más habladora.

—Éramos amigas en el instituto —respondo con mi mejor sonrisa.

—Ah, eres esa Erin —suelta de pronto Emma, que recibe una rápida mirada de desaprobación de su amiga.

Prefiero no preguntar lo que saben de mí, pero no me ha gustado la expresión de su cara.

—¿Qué tal si empezamos con el Pictionary mientras llegan las pizzas? —sugiere Phoenix, que ha salido de la cocina con una botella de vino tinto y varias copas—. Erin, he pedido tu pizza con pepperoni y champiñones, ¿te sigue gustando así? —añade.

Asiento con la cabeza mientras se forman las parejas. Las dos chicas jugarán juntas, mientras que Caleb y Tyler harán lo mismo. Eso me deja a mí de pareja con Phoenix, lo que me parece perfecto. Siempre fuimos muy buenas jugando al Pictionary, claro que eso fue hace mucho tiempo.

Phoenix es una ilustradora magistral, todavía recuerdo la cantidad de dibujos que hizo de lo que ahora es su café, así que no tenemos problemas para ganar las primeras rondas. Todo lo contrario ocurre cuando le toca a Caleb. Coloca continuamente sus gafas de pasta mientras dibuja, aunque cada uno de sus diseños sale peor que si lo dibujase la pequeña Vika, para desconcierto de su compañero que es incapaz de acertar en ninguna de las rondas. Por desgracia, el juego se acaba prematuramente en cuanto llegan las pizzas, aunque los dibujos de Caleb dan para unas cuantas bromas mientras cenamos.

Tras comer y beber un par de copas de vino más, Sarah sugiere jugar a un juego en el que tenemos que adivinar la acción por los gestos que haga cada pareja. Mi corazón se detiene al sacar la primera carta.

—Dos enamorados en su primera cita —leo en voz alta, sintiendo un cosquilleo en la parte baja del vientre.

Entre risas, me siento junto a Phoenix en el suelo de madera para representar con gestos una primera cita entre nosotras. Ella finge coquetear, pretende enviar señales como que intenta ligar conmigo. Juguetea con mi pelo colocándolo detrás de mi oreja mientras deja caer el reverso de su mano por mi cuello. Sarah no tarda mucho en adivinar de qué se trata, aunque me pregunto si mis pezones marcándose a través de la blusa pueden haberle dado alguna pista adicional.

—El último juego de la noche es "Quién te conoce mejor" —anuncia Phoenix—. ¿Todos preparados?

Como era de esperar, no acierto ninguna de las primeras preguntas porque son sobre los amigos de Phoenix a los que no conozco de nada. Sarah y Tyler parecen conocer hasta sus secretos más íntimos y no tienen problemas para ganar las primeras rondas. Una cosa es estar saliendo juntos y otra muy distinta es que sepan tanto del otro. Me parece perturbador.

—Me toca —grita Phoenix—. ¿Cómo se llamaba mi último novio?

Golpeo el suelo todo lo fuerte y rápido que puedo mientras chillo la respuesta.

—Josh.

Phoenix se me queda mirando como si fuese un fantasma. Puede que no nos hayamos visto en seis años, pero sé todo de su vida. Al menos todo lo que se puede saber.

—Es correcto —susurra.

Seguimos bebiendo y jugando varias rondas más de ese juego. Está bien porque no hay competición y consigo enterarme de cosas de los amigos de Phoenix e incluso alguna de ella misma que no sabía.

Poco a poco, todos empiezan a marcharse. Sarah y Tyler tienen que volver a casa con su hijo pequeño, Emma debe trabajar mañana y Caleb simplemente está cansado. Solo son las once, en Londres a estas horas empezaría a salir de fiesta.

—Bueno, creo que es la hora de despedirse —anuncia Phoenix cuando nos quedamos a solas.

—¿Puedo ir antes al baño? Me hago pis.

—Al final del pasillo a la derecha —indica señalando con la barbilla.

Sigo sus instrucciones, aunque quizá por el exceso de vino me equivoco de puerta y abro un armario en vez del baño. Algo llama inmediatamente mi atención. Es una cesta llena de regalos. Los mismos que le he enviado por su cumpleaños y por Navidad en estos últimos años. Todos sin abrir. Solo los reconozco por mi horrible caligrafía en las etiquetas.

Muerdo el labio inferior al tiempo que una punzada de dolor atraviesa mi corazón. Intento quitármelo de la cabeza mientras busco el baño y más tarde regreso al salón. En el fondo, quizá me lo tengo bien merecido.

Phoenix se afana por limpiar el desorden que hemos causado y no puedo evitar situarme junto a ella y ayudarla a retirar varios vasos de plástico apilados junto a las cajas vacías de las pizzas.

—Ya me ocupo yo, gracias, es tarde —indica un poco seca.

—Ni de coña. No me pienso ir hasta que todo esté limpio, así que me marcharé mucho antes si me dejas ayudar —replico arqueando las cejas.

Phoenix me mira fijamente y suelta un sonoro suspiro.

—Está bien, pero sin hablar.

Odio esta situación. Es como si no estuviese cómoda conmigo cada vez que nos quedamos a solas. Aun así, me coloco junto a ella y la ayudo aunque sea incómodo. Tan solo se escucha su respiración y el sonido de los pasos. Si normalmente odio limpiar, hacerlo en silencio y sin poder hablar con Phoenix me desespera. Esperaba utilizar este momento para charlar con ella a solas.

—Gracias por tu ayuda —apunta cuando terminamos de barrer.

—Gracias por invitarme, tus amigos son realmente majos —admito.

—Lo son.

Cruza el salón con pequeños pasos hasta donde me encuentro, y arruga la nariz con ese gesto tan característico suyo de cuando está pensando algo y no sabe cómo expresarlo.

—Me lo he pasado muy bien —susurro inclinándome hacia ella para acariciar su brazo izquierdo.

Por unas décimas de segundo estoy esperando que me diga que me marche. En cambio, la respiración se le acelera y sus mejillas se ruborizan ligeramente, momento que aprovecho para deslizar la mano hacia abajo y coger la suya mientras una corriente eléctrica recorre todo mi cuerpo. Cuando nuestras miradas se encuentran, me pierdo de nuevo en esos ojos azules, esos que tanto he echado de menos, y acaricio el reverso de su mano con mi dedo pulgar mientras que la tensión que vibra en su cuerpo parece calmarse.

Baja la mirada y suspira, hasta que con un pequeño paso, borro la poca distancia que nos separa y cuelo una mano por debajo de su cinturón atrayéndola hacia mí.

El calor de su cuerpo sobre el mío me hace estremecer y antes de que me quiera dar cuenta, nuestros labios se rozan en una sutil caricia. Phoenix cierra los ojos, un nuevo suspiro apagado en mi boca mientras con la punta de la lengua recorro el interior de su labio inferior.

La empujo ligeramente hacia atrás y sus rodillas chocan con el sofá cayendo ambas sobre él. Phoenix suspira buscando mi lengua con la suya mientras yo deslizo una mano por su costado en busca de sus senos y mis suaves gemidos se apagan en su boca.

—Para, lo siento. No puedo —murmura empujando mi cuerpo.

Me quedo parada durante unos instantes, supongo que con la decepción marcada en mi mirada.

—Sabía que esto iba a pasar —masculla negando con la cabeza.

—Lo siento, ya me marcho —anuncio abriendo las manos—. Perdón si te ha molestado —me apresuro a añadir.

Cojo la chaqueta y abandono la casa lo más rápido que puedo. Al entrar en el coche, suelto un aullido de agonía y golpeo el volante con fuerza. ¿Qué ha pasado? Me lo había dejado muy claro hace seis años, no quería nada.

En cambio, esta noche … esta noche todo parecía diferente.

Por unos instantes, durante ese magnífico beso, mientras le acariciaba los pechos y sus pezones se endurecían, pensé que iba a funcionar. Fue un momento fugaz de felicidad, algo que tendré que grabar en mi memoria porque dudo que se repita. Solo espero que lo ocurrido esta noche no dañe nuestra amistad para siempre. Me odiaría a mí misma por ello.

Capítulo 5

Phoenix

Me incorporo con lentitud, las sábanas enredadas en mi cintura tras una noche en la que apenas he podido dormir. Al levantarme, mis pies desnudos se hunden en la mullida alfombra al lado de la cama y el pelo revuelto me tapa los ojos.

Un rápido vistazo a través de la ventana me indica que el día está tan gris como mi ánimo. La lluvia arrecia contra el cristal y el fuerte viento deja hojas secas sobre el alféizar mientras mueve los árboles de lado a lado. Lo que me faltaba en mi día de descanso.

Me preparo un café bien cargado y medito tumbarme en el salón a ver la televisión bajo una manta durante todo el día, pero la sola visión de ese sofá me trae de vuelta recuerdos de Erin.

Dicen que la historia tiende a repetirse y lo de anoche fue casi como un *déjà vu*. Bueno, al menos ayer no acabé haciendo el amor con ella como ocurrió hace seis años, pero faltó muy poco. Le había dejado bien claro la primera vez que no quería eso y lo ha vuelto a hacer. Erin me ha demostrado que no ha cambiado en absoluto. Sigue siendo la misma mujer incapaz de controlarse, y lo peor de todo es que consigue que a mí me cueste demasiado hacerlo.

Mierda. Meneo la cabeza y cierro los ojos antes de coger las llaves del coche para atravesar la ciudad hasta la casa de su abuela. Mis sentimientos están a flor de piel, pero debo aclarar esta situación cuanto antes. Me gustaría mantener nuestra amistad, no quiero que Erin desaparezca de nuevo de mi vida durante otros seis largos años sin que sepa nada de ella.

La fuerte lluvia sobre el techo del coche causa un ruido estremecedor, tanto que es imposible escuchar la radio, así que opto por apagarla mientras Elton John canta *"Sorry Seems to Be the Hardest Word"*.

Al acercarme a la casa de la abuela de Erin, agarro fuerte el volante y respiro hondo, como si quisiese aferrarme a los recuerdos de un tiempo pasado. Fue nuestro refugio cuando éramos unas adolescentes. Allí, en una vieja casa de madera construida sobre un árbol, me escandalizaba con las historias que Erin me contaba de sus múltiples ligues mientras tomaba alguna calada de su marihuana.

En los últimos años del instituto, si su abuela no estaba, Erin y su hermana organizaban las mejores fiestas, aunque al día siguiente alguna chica siempre acababa llorando y con el corazón roto por su culpa.

Cada mes le traigo unas magdalenas a su abuela, la considero casi como de la familia, y siempre sonrío como una tonta al tocar el timbre de esa puerta. Devuelve muy buenos recuerdos a mi memoria.

La mujer ha cambiado mucho. Sigue siendo menuda, de rasgos tiernos, pero ahora el pelo gris le tapa parte de la cara y las arrugas se han marcado alrededor de sus ojos y en la frente. Te mira casi siempre por encima de las gafas, y no puedo dejar de admirar su fortaleza a la hora de cuidar de una niña de tres años a falta de su madre.

—¡Phoenix, qué alegría verte! —saluda nada más abrir la puerta—. Pero ya has traído magdalenas hace dos semanas.

—Realmente, venía a hablar con Erin. No sé si está en casa, debí llamar antes.

—Sigue en su habitación, ya sabes que le gusta dormir la mañana.

—¿Magdalenas? —pregunta la pequeña Vika tirando de mi camiseta hacia abajo.

—Hoy no, cariño. Pero el próximo día te traigo unas especiales que voy a hacer solo para ti, ¿vale?

La pequeña asiente con la cabeza y sonríe. Tiene un carácter maravilloso. Si un día tengo hijos, me gustaría que fuesen como ella. Con esos ojos grises que ha heredado de su tía y lo simpática que es, ya se pueden ir preparando cuando vaya al instituto.

—Estábamos a punto de comer, te quedas, ¿verdad?

Ni siquiera me había dado cuenta de lo tarde que era.

—Seguramente Phoenix tendrá cosas mejores que hacer —replica Erin bajando las escaleras. Sigue teniendo la manía de ir por la casa sin sujetador y en bragas y debo hacer un esfuerzo para retirar la mirada.

—Me encantaría quedarme —suelto sin pensar.

Creo que me acaba de traicionar mi subconsciente, pero es que necesito hablar con ella y basta que me quiera echar para que yo haga todo lo contrario.

—¿Puedo *zentalme* a tu lado? —pregunta la niña poniendo unos ojitos a los que es completamente imposible negarles algo.

—Claro, cariño.

Y mientras le estoy colocando una servilleta a la pequeña Vika, se me hace la boca agua al ver que la señora Miller ha preparado su famosa *Cullen Skink*. Una sopa espesa hecha con abadejo ahumado, patatas y cebolla que es típica de la zona de Cullen en Moray, en la costa noroeste del país, de donde proviene su familia.

—Veo que te sigue gustando —bromea la señora Miller arqueando las cejas al observar la velocidad con la que estoy devorando el plato de sopa.

La que no parece estar disfrutando de la comida es Erin, que juega con la cuchara sin pegar bocado. Se nota a la legua que está muy incómoda, de lo que en el fondo me alegro. Somos mejores amigas desde niñas, no puede arruinar esa amistad intentando llevarme a la cama cada vez que tiene una oportunidad. Puede que eso le funcione con otras mujeres, pero no conmigo.

Cuando estamos terminando los *tablets* de dulce de leche y mantequilla que nos pone de postre y se acerca la hora de la siesta de Vika, sé que es la oportunidad perfecta para hablar a solas con Erin.

—Señora Miller, Erin y yo nos podemos encargar de recoger la mesa y fregar los platos, puede irse a descansar si quiere —propongo mientras mi amiga me lanza una mirada asesina.

—Siempre has sido un cielo —agradece la abuela de Erin—. Además, seguro que tenéis mucho de lo que hablar.

Erin pone los ojos en blanco, pero ya es tarde. En unos minutos nos dejan a solas en la cocina. Ya no tiene escapatoria.

—Bonito truco —protesta chasqueando la lengua.

Prefiero no responder, pero cuando nuestros dedos se rozan al entregarme un plato para que lo seque, una corriente recorre todo mi cuerpo hasta detenerse entre mis piernas.

—Debo hablar contigo y no puedes esquivarme siempre. No voy a permitir que vuelvan a pasar otros seis años —susurro.

—¿Para qué has venido exactamente?

—Para hablar, te lo acabo de decir. ¿Podemos ir a tu cuarto cuando acabemos?

Erin se encoge de hombros y asiente mientras termina de lavar el último plato.

Las viejas escaleras de madera que llevan a su dormitorio ya crujían cuando íbamos al instituto y siento una punzada de dolor al pasar por delante de la antigua habitación su hermana, ahora con la puerta cerrada. Tan solo tenía veintinueve años.

Mantiene su cuarto casi como estaba la última vez que lo vi, y mi mente se llena de recuerdos de todas las noches que pasamos juntas; pintándonos las uñas, bebiendo whisky a escondidas y cotilleando sobre los últimos rumores del instituto.

—En cuanto a lo de ayer por la noche… —comienzo para romper el incómodo silencio.

—Vale, ya sé que estás enfadada y todo eso. Lo siento, no volverá a ocurrir —interrumpe con desgana.

—¿Me dejas hablar?

—Está bien —murmura.

—Erin, vuelves a Londres dentro de dos o tres semanas y no puedo enredarme con ese tipo de cosas —reconozco con un suspiro.

—¡Guau!

—Guau, ¿qué?

—No sé, esperaba que me gritases, que me llamases zorra incontrolada como la última vez. No sé, ya sabes, ese tipo de cosas, que te enfadases de verdad. Has madurado —bromea.

—Y tú sigues igual de gilipollas que siempre. Me está costando mucho hablar de esto como para que encima te lo tomes a broma, Erin.

—Perdón.

—Somos mujeres adultas. ¿Qué solucionaría volver a gritarte o enfadarme contigo? Estoy… no lo sé, supongo que dolida y confusa al mismo tiempo —le explico encogiéndome de hombros.

—Siento haberte hecho daño hace años. Lo siento de verdad —reconoce Erin cogiendo mi mano entre las suyas.

—Te acostaste conmigo en un momento de vulnerabilidad. Acababa de romper con mi novio, fui a llorar en tu hombro y antes de que me diese cuenta estaba desnuda haciendo el amor contigo. Fue horrible.

—Es la primera vez que me dicen que acostarse conmigo fue horrible.

—Dios, qué creído te lo tienes, joder —me quejo sacudiendo la cabeza.

—Aun así, incluso suponiendo que lo hubiese hecho muy mal ese día, el tortazo que me diste al terminar me pareció un poco excesivo.

—¿Puedes tomártelo en serio? Y yo no he dicho que no hubiese disfrutado. Estuvo muy bien, sorprendentemente bien. Nunca pensé que me podría excitar tanto con una mujer. No me quejo de eso, lo que me molesta es que te aprovechases de mi fragilidad en ese momento —expongo.

—Sé que estuvo mal.

—Y luego te marchaste sin decir nada, sin ni siquiera despedirte. Y no volví a saber nada de ti durante seis años. Ahora apareces de la nada, te plantas en la inauguración de mi café y …

—Espera, que estoy un poco espesa esta mañana, la resaca, ya sabes. ¿Acabas de decir que estuvo muy bien y que te excitó mucho?

—¿Eso es la única parte con la que te has quedado? —me quejo—. Ahora eso ya no importa, Erin.

—¿Sentiste algo por mí anoche cuando nos besamos? —inquiere cambiando de conversación.

—No, para nada. Bueno, quizá un poco, no lo sé.

—Te has puesto roja como un tomate, rizos.

—Ya nadie me llama rizos —susurro cerrando los ojos.

—No me has contestado —insiste apretando mi mano entre las suyas.

—Puede que sí. No te sabría decir si era por ti o por experimentar algo nuevo.

—¿No has vuelto a estar con una mujer desde aquella vez hace seis años?

—No.

—¿Has pensado alguna vez en ello?

—Me estás poniendo muy nerviosa y no voy a entrar en tu juego —le advierto.

—¿Lo has pensado o no?

—No lo sé, Erin.

—¿Cómo puedes no saberlo?

Con cada palabra me siento más confusa. Nunca me han gustado las mujeres, pero por muy enfadada que estuviese aquella noche hace años, debo reconocer que he fantaseado muchas veces con repetirlo. Y ayer he vuelto a hacerlo. Aun así, imagino que es solamente eso, una fantasía y nada más.

—No es tan fácil.

—¿Qué no es tan fácil? —inquiere mi amiga.

—Lo desconocido. Estar con una mujer, bueno, no con una mujer, contigo —confieso desviando la mirada.

—Yo soy una mujer.

—Ya sabes lo que quiero decir —murmuro con las piernas temblando.

—¿Tanto te asusto?

—Erin, ¿qué coño quieres de mí? ¿Qué quieres que sea para ti? ¿Quieres volver a echar un polvo y marcharte otros seis años? ¿Eso es lo que esperas? —pregunto alzando la voz algo más de la cuenta.

—Ya sabes la respuesta.

—No, no la sé.

—He querido estar contigo desde el instituto y tú me rechazaste. Estabas muy enfadada. Reconozco que actué mal aquella noche, por eso me fui —admito bajando los ojos.

—Eso no fue lo que pasó. Estaba en un estado emocional terrible y te aprovechaste de mí.

—Me rechazaste.

—No exactamente.

—Me rechazaste y me pegaste un tortazo —insiste—. Me estuvo doliendo una semana.

—Bueno, sea como fuere, ¿podemos hacer las paces y volver a ser amigas?

—Vale, solo amigas. ¿Promesa de meñiques? —añade colocando su dedo meñique para entrelazarlo con el mío.

Sonrío, y sus ojos grises me parecen más hermosos que nunca. Erin se inclina hacia mí para abrazarme, y cuando siento el calor de sus labios en mi mejilla, empiezo a pensar que estoy a punto de cometer un grave error, pero tan solo dispongo de una vida.

Giro ligeramente la cabeza y nuestros labios se encuentran con la misma pasión que la noche anterior, la única diferencia es que Erin se aparta como esperando mi aprobación antes de continuar. Asiento con la cabeza, cierro los ojos y de nuevo ese maravilloso beso en mis labios.

Con el corazón acelerado, me sorprendo a mí misma tirando de su camiseta hacia arriba mientras ella hace lo mismo con la mía.

—¿Qué pasó con lo de ser solo amigas? —susurra arqueando las cejas.

—¡Cállate!

Me tumbo sobre la cama y ella se sienta sobre mis caderas. Se desabrocha el sujetador sin llegar a quitárselo, lo que hace que mis ojos se abran de par en par cuando lo va dejando caer con un sensual movimiento, rozando sus pezones antes de caer sobre la cama.

—No me puedo creer que esté haciendo esto —murmuro entornando los ojos.

—Shh —Erin lleva su dedo índice a mis labios pidiéndome que no hable para, a continuación, desabrochar mis pantalones y bajármelos por los tobillos.

A partir de ese momento, todo parece transcurrir en cámara lenta. Me desprendo del sujetador y Erin me cubre con su cuerpo, recorre mi cuello con pequeños besos y el calor de su piel me hace enloquecer de deseo.

Antes de que me quiera dar cuenta, ambas estamos completamente desnudas, cubiertas por un cálido edredón, y el tiempo parece detenerse. Todo a mi alrededor desaparece mientras hacemos el amor intentando que nadie nos escuche. Tan solo estamos Erin y yo, y el deseo entre nosotras.

Capítulo 6

Erin

—¿Qué hora es? —pregunta Phoenix sobresaltada.

—Las seis —respondo con un largo bostezo—. Todavía quedan dos horas para la cena.

—Nos hemos quedado dormidas, tengo que irme —anuncia levantándose de la cama con prisa.

—No te vistas, estás muy bien así —me quejo al ver que comienza a recoger su ropa interior.

Phoenix me ignora y se afana por ponerse los pantalones en un tiempo récord.

—¿En serio te vas?

—He quedado con unos proveedores de café a las siete. Debo irme —explica sin dar demasiados detalles al tiempo que recoge su camiseta del suelo.

—Quédate un poquito —susurro cogiéndola por la muñeca y tirándola sobre la cama.

—Te he dicho que debo irme. No te pongas pesada.

Me tapo la cara con la almohada y dejo escapar un gruñido. Con lo que a mí me gusta dormir desnuda junto a la pareja con la que acabo de hacer el amor y ni siquiera me da esa oportunidad.

—Te acompaño, espera —anuncio poniéndome una camiseta y recogiendo mis bragas del suelo.

Phoenix recoge el resto de sus cosas y se dirige a la puerta de entrada intentando no hacer ruido, cosa que en casa de mi abuela es misión imposible. Yo la sigo de cerca, sin pantalones y esperando que mi abuela no se despierte de su siesta.

—¡Os he pillado! —escucho de pronto.

—Señora Miller, yo ya me iba —saluda Phoenix bajando la voz y ruborizándose.

—Joder, Abu, me vas a matar de un susto —me quejo, mientras la pequeña Vika mira a su bisabuela y se ríe.

—Yo es mejor que me vaya —apunta Phoenix nerviosa.

—Te acompaño —indico para no quedarme a solas con mi abuela.

Me apetecería mucho despedirla con un beso, pero no quiero dar explicaciones a mi abuela o a Vika, así que simplemente arqueo las cejas y acaricio su brazo izquierdo. Espero que sepa entender que lo que de verdad me gustaría sería besarla.

—Estuvo muy bien —susurra antes de irse.

—Estoy de acuerdo.

Cogiendo su mano derecha entre las mías, la acaricio antes de fundirnos en un largo abrazo. Al besar su mejilla, cierro los ojos para perderme en su olor. Reconocería ese perfume a kilómetros de distancia. Siempre me encantaron esas notas de madera con lavanda y vainilla.

—¿Te veré pronto? —inquiero.

—No lo sé. ¿Lo harás? —responde ella.

—¿Qué quieres decir?

Realmente, conozco muy bien lo que le preocupa pero me coge por sorpresa. Estoy demasiado acostumbrada a las despedidas y ahora ni yo misma sé lo que quiero. Siempre he vivido el momento, sin importarme lo que ocurriría más allá, pero ahora…

—Perdona, ha sido un poco injusto por mi parte preguntar —se disculpa Phoenix—. Ahora debo irme o llegaré tarde.

—Phoenix —llamo, aunque ya está camino de su coche y simplemente hace un gesto con la mano para decir adiós.

Me quedo atontada en la puerta. Menos mal que no tenemos vecinos cerca, porque sería un espectáculo verme plantada en el porche en bragas y con tan solo una camiseta, mientras Phoenix enciende el motor y se incorpora a la carretera para perderse de vista.

Al entrar en la casa, Vika está en el salón, sentada en el suelo jugando con unas muñecas y mi abuela ha puesto un par de tazas de café sobre la mesa.

—Siéntate —indica, señalando una silla con el dedo índice. Esto no tiene buena pinta.

Me siento en silencio y noto los ojos inquisitivos de mi abuela sobre mí.

—Si tienes algo que decir, dilo de una vez —me quejo, dejando escapar un largo soplido.

—¿Qué pasó esta tarde? —pregunta mirándome por encima de sus gafas de pasta.

Hablar de sexo con mi abuela es uno de esos temas que me hacen sentir extremadamente incómoda. Aun así, he metido a un buen número de chicas a pasar la noche en mi habitación y nunca me ha preguntado nada hasta hoy.

—Abu, a mí me gustan las... —murmuro débilmente fijando los ojos en algún punto indeterminado del mantel como si quisiese hacer un agujero.

—¿Phoenix?

Mi abuela completa la frase por mí. Bueno, realmente iba a decir las mujeres, pero Phoenix representa incluso mejor lo que siento y al levantar la mirada, me encuentro con la suya.

—¿Lo sabías? —pregunto con sorpresa.

—Tu hermana y tú habéis metido un buen número de parejas a escondidas por la noche. Con tu hermana tuve una larga charla sobre los embarazos no deseados, aunque contigo nunca hizo falta —explica con naturalidad.

—¿Y por qué dices lo de Phoenix?

—He visto cómo mirabas a Phoenix hace años y cómo la miras ahora. Un poco como yo miraba a tu abuelo —susurra.

—Pensé que tendrías algún problema con eso.

—¿Por qué?

—Chica y chica. Ya me entiendes, no sé. Joder, eres una abuela —añado encogiéndome de hombros.

—¿Y qué tiene que ver que sea una abuela para que no entienda ese tipo de cosas? —protesta—. No me importa que te gusten las mujeres, eso siempre lo he sabido, pero esto no me parece bien.

—Estoy confusa —me quejo abriendo las manos—. ¿No te importa que me gusten las mujeres, pero al mismo tiempo no te parece bien? Me he perdido, Abu.

Mi abuela apoya una mano temblorosa en mi rodilla y me clava la mirada.

—Lo que no me gusta es que le vuelvas a hacer daño a Phoenix. Ni a ella ni a ninguna otra chica, pero sobre todo a ella, le tengo un cariño especial. Sé que volverás a Londres y la dejarás aquí tirada. Sufrirá por tu culpa, y eso no puede parecerme bien.

—¿Y si se viene conmigo a Londres?

Mi abuela niega con la cabeza cerrando los ojos.

—Edimburgo es el lugar al que pertenece. No se moverá de aquí y menos ahora que ha abierto ese café en el centro. Incluso sin el café, sabes muy bien que se quedaría para ayudar a cuidar de su hermano —explica encogiéndose de hombros.

—Su madre todavía es joven —me quejo buscando una salida.

—Sí, pero Phoenix es una chica que valora la familia por encima de todo. No se separará de su hermano y ahora con el café, no hay posibilidad de que esa chica se marche a Londres.

Lo de que valora la familia por encima de todo es una cualidad que amo y odio al mismo tiempo en el caso de Phoenix. Yo siempre he sido muy independiente, pero mi abuela tiene razón. Por si fuera poco, el café significa para ella un sueño hecho realidad. Ha luchado por abrir ese local toda su vida, desde que era una niña.

—Solo te pido que no le hagas daño, Erin. La última vez se lo hiciste, mucho.

—No lo tengo tan claro, Abu —protesto.

—Yo sí. Y me duele ver que las dos queréis lo mismo y que aun así, volverás a huir de lo que de verdad desea tu corazón. Siempre has tenido pánico a comprometerte, tienes miedo a tener que sacrificar parte de esa libertad que tanto valoras. No obstante, cuando encuentres a la persona adecuada, lo harás sin pestañear y verás que merece la pena.

—Gracias por el consejo —susurro besando su frente.

Una de las razones por las que siempre he adorado a mi abuela es su capacidad para analizar las cosas y centrarse en soluciones realistas. Esto es demasiado para mí, porque sé que en el fondo tiene razón, pero todo mi ser lucha por ignorarlo.

Me pongo los pantalones y unas zapatillas de deporte y salgo a caminar por el amplio jardín de mi abuela. Al llegar a nuestra antigua casa del árbol no puedo evitar una sonrisa tonta. Ahora la han vuelto a arreglar para que Vika pueda utilizarla cuando sea un poco mayor, y me trae demasiados recuerdos. Memorias de mis primeros besos, de las largas charlas con Phoenix, también de alguna que otra borrachera.

Subo a la casa del árbol como si buscase algo perdido. Tal vez esperando encontrarme a una copia de mi yo del pasado. Esa chica rebelde que se metía constantemente en líos. Aquella adolescente que sabía que siempre podría contar con su mejor amiga. Pegando la espalda a la pared, me voy dejando caer hasta quedar sentada. Abrazo las rodillas y los recuerdos se agolpan en mi cabeza.

Y vuelve a mi mente Phoenix. Siempre Phoenix. Han pasado seis largos años y sigue habitando en mi corazón. Y pienso que mi abuela tiene razón. He huido de las relaciones, pero si tuviese que arriesgarme con una, solo con una, tan solo un nombre regresa una y otra vez a mi mente. Phoenix.

Capítulo 7

Phoenix

Durante los dos últimos días, Erin y yo nos hemos enviado varios mensajes, pero aún no nos hemos visto en persona. Lo que ocurrió en casa de su abuela me ha dejado un sentimiento agridulce, y ahora ni yo misma sé lo que quiero. Erin se va a marchar a Londres y no puedo quedarme colgada para luego sufrir.

Un nuevo mensaje en el teléfono móvil me saca de mis pensamientos devolviéndome bruscamente a la realidad.

Erin: voy a pasarme por el mercado de productos orgánicos de Portobello. ¿Quieres que nos veamos allí?

Dejo escapar un suspiro mientras leo sus palabras. Como primer sábado de cada mes, abrirán el mercado de Portobello en Brighton Park. Podría pasarme por allí, hacer algunas compras y de paso, aprovechar para poner las cosas claras con Erin.

Nada más llegar, levanta la mano para saludarme y me envuelve en un largo abrazo.

—¿Cómo estás? —susurra junto a mi oído antes de besarme en la mejilla.

—Tenía ganas de verte —confieso.

—¿Preparada para una mañana de compras?

Antes de que pueda responder, coge mi mano y tira de mí, la suave piel de sus dedos haciéndome temblar, y nos adentramos en el bullicioso mercado.

—Tengo que comprar algo de fruta para mi abuela, ¿me acompañas?

—Casi mejor nos vemos aquí en media hora —propongo—. Yo necesito comprar harina ecológica para la bollería del café.

Me encanta perderme entre la gente en este mercado. Escuchar la risa de los niños, el suave zumbido de las conversaciones. Lo primero que percibes es el olor a los productos frescos, los mostradores con sus toldos a rayas, todos iguales. La abundancia y variedad de frutas y verduras orgánicas de todo tipo.

Al llegar a uno de esos mostradores me detengo. El olor a pan recién hecho llena el aire y no puedo evitar comprar una barra. Es mi debilidad. Su textura es tan suave y esponjosa que casi se deshace en la boca. El sol brilla con fuerza en el cielo y unas perlas de sudor se forman en mi frente mientras camino al lugar en el que he quedado con Erin.

—¿Has encontrado lo que buscabas? —pregunto nada más verla.

—¿Te has zampado media barra de pan? Veo que te sigue gustando.

—Y eso que no tengo aceite de oliva a mano.

—¿Sabes cómo usaría yo el aceite de oliva? —pregunta Erin, y esa sonrisa que acaba de poner no me gusta nada.

—No, pero presiento que me lo vas a decir.

—Echaría un chorrito entre tus piernas y lo lamería —susurra.

—Joder, Erin.

—Te has puesto nerviosa.

—Normal. ¿De verdad lo empleas para ese tipo de cosas?

—También lo pongo en las ensaladas.

—Erin —protesto.

—Unas gotitas, porque no se absorbe bien y puede provocar infecciones, pero me encanta el sabor de la excitación de una mujer mezclado con el aceite de oliva —susurra mordiéndose el labio inferior.

Dejo escapar un largo suspiro mientras esa idea revolotea en mi cabeza. Venía dispuesta a dejarle muy claro que solo quiero ser su amiga, pero me lo pone muy difícil.

—¿Estás sudando por lo que te acabo de decir?

—Hace calor —me quejo.

—Lo sé, por eso te he comprado esto —anuncia, sacando una pequeña bolsa de su mochila.

—¿Un mini ventilador a pilas?

—Sé lo mucho que odias el calor —responde encogiéndose de hombros.

Meneo la cabeza poniendo los ojos en blanco. Erin solía tener ese tipo de detalles algo absurdos, pero que te alegran el corazón porque sabes que piensa en ti.

—¿Qué hacemos ahora?

—Es hora de explorar el mercado.

—¿Cómo cuando teníamos quince años?

—Yo nunca he dejado de tenerlos —bromea Erin pegándose a mi espalda y rodeando mi cintura con los brazos mientras me abraza.

Caminamos por el mercado, charlando animadamente o deteniéndonos a probar algunos de los artículos. Es como si el tiempo se hubiese detenido, como si de verdad hubiésemos vuelto a los años de nuestra adolescencia.

Y mientras paseo por el mercado de la mano de Erin, pienso que es posible que debamos programar más días como este antes de que abandone Edimburgo.

—Ah, ¡hamburguesas! —exclama de pronto, señalando con el dedo un *food truck* del que proviene un olor delicioso.

Si el pan recién hecho es mi debilidad, las hamburguesas son la suya. Se le iluminan los ojos y sé que si tuviese que elegir un solo alimento para subsistir el resto de su vida, elegiría las hamburguesas. Lo que es una contradicción porque su abuela es una de las mejores cocineras que conozco.

—¿Damos un paseo por la playa? —propone Erin en cuanto paga la comida.

Asiento con la cabeza, recordando todas las veces que hemos ido juntas en un pasado ya lejano. Bañada por las aguas del fiordo de Forth, la playa de Edimburgo mantiene la nostalgia de un pasado dorado en la que conformaba un complejo turístico muy popular.

Todo el barrio de Portobello se asienta sobre capas de historia y mientras caminamos por el paseo marítimo dando buena cuenta de nuestras hamburguesas, regresan a mi memoria las excursiones con el colegio a los pueblos de pescadores de la costa de Fife, que se llegan a divisar desde aquí en un día claro como hoy.

—Echaba de menos este tipo de cosas —reconoce Erin acariciando la parte baja de mi espalda.

—Y yo, pero hay algo de lo que debemos hablar —añado con un suspiro. Erin asiente con la cabeza sin hacer ningún comentario, como si estuviese esperando lo que le voy a decir—. Es mejor que seamos tan solo amigas.

—Creo que eso ya me lo has dicho hace dos días —bromea.

—Sí, lo sé. Y antes de que me preguntes, me lo pasé muy bien, pero no quiero que vuelva a ocurrir. Volverás a Londres y me harás mucho daño si iniciamos una relación.

Su expresión cambia de pronto, juraría que se ha entristecido y me apresuro a explicarle mi postura.

—Erin, lo disfruté mucho, de verdad. Fue espectacular, no recuerdo que nadie me haya hecho sentir así y me ha llevado a plantearme muchas cosas —reconozco—. El problema es que ni siquiera sabes cuánto tiempo estarás en Edimburgo. Quedar como amigas sería más seguro para ambas, ¿no crees?

Aunque en el fondo de mi corazón desearía que Erin respondiese que se quedaría en Edimburgo por mí, sé que eso no va a ocurrir ni en un millón de años.

—Podríamos tener algo a distancia —propone.

—Erin —hago una pausa arqueando las cejas—. ¿A distancia? ¿En serio? ¿Me vas a decir que puedes aguantar?

Se queda pensativa, pero sé que aunque me diga que sí, no puedo entrar en ese juego. Erin es un espíritu libre, necesita sexo, es parte de su naturaleza. No va a comprometerse ni conmigo ni con ninguna otra mujer.

—Lo comprendo —susurra.

—¿De verdad?

—Si es lo que quieres, lo acepto —admite encogiéndose de hombros.

—Entonces, ¿está decidido?

Ahora soy yo la que está decepcionada. La verdad es que esperaba un poco más de entusiasmo por su parte. Al menos, que intentase convencerme de que una relación a distancia podría funcionar, pero se limita a aceptarlo sin ningún tipo de lucha.

—Está decidido —repite y de pronto siento un extraño vacío en mi interior.

La familiar vibración de mi teléfono móvil agitándose en mi bolsillo interrumpe mis pensamientos y me separo unos metros para responder.

Es mi amiga Sarah invitándome a ir a una discoteca de moda esta noche junto a su novio Tyler y, de pronto, se me ocurre una idea.

—¿Vienes a bailar esta noche como en los viejos tiempos? —propongo.

Erin parece sorprendida, pero acepta sin pensarlo.

—Intentaré no dejarte demasiado mal. He mejorado mis movimientos en la pista de baile —explica arqueando las cejas.

Lo cierto es que Erin siempre ha bailado muy bien. Lástima que se pasaba más tiempo en los baños de las discotecas con su ligue de turno que en la pista.

En cualquier caso, una noche de disco nos proporcionará el marco ideal para pasarlo bien sin ningún tipo de presión adicional. Nos divertiremos, reiremos, charlaremos. Será exactamente igual que en los viejos tiempos, antes de que las cosas se complicasen entre nosotras con sentimientos románticos.

Capítulo 8

Erin

Una multitud de cuerpos gira bajo un conjunto de luces intermitentes de colores, suspendidas de un techo abovedado. En cada pared, un enorme espejo refleja lo que ocurre en la pista de baile, el espacio entre los espejos pintado de negro. Lo primero que llama tu atención al entrar no es la tenue iluminación, sino la mezcla de olores a sudor y colonia.

La música retumba en tu cabeza y suena como el latido de mil corazones. Atravesamos con dificultad la pista de baile para llegar a una zona en la que hay alguna mesa vacía. Me dejo llevar por el ritmo y una chica se frota con mi cuerpo al pasar. Podría ser cualquiera, pero esta noche no vengo para ese tipo de cosas.

Las luces estroboscópicas parecen dibujar una realidad paralela que consigue que tus movimientos simulen ir con unas décimas de segundo de retraso. Desde la cabina del DJ, un hombre calvo y con algo de barriga baila al ritmo de la música que está mezclando. Las luces de colores consiguen transformarle en parte del decorado.

—Es como en los viejos tiempos, ¿verdad? —grita Phoenix cuando estamos saliendo de la pista de baile—. Volver a una discoteca juntas, solo que más legal esta vez —añade riendo.

—¿Te acuerdas de cuando nos pillaron intentando entrar con carnets falsos en el instituto? Tendríamos quince o dieciséis años.

Phoenix se lleva una mano a la frente y niega con la cabeza muerta de risa.

—Te pusiste a ligar con el portero y nos dejó pasar. No me lo podía creer.

—Yo tampoco —reconozco entornando los ojos.

—Estabas loca, no sé cómo has sobrevivido hasta la edad adulta —exclama cogiéndome por la cintura.

Y se nos queda a ambas una sonrisa tonta en la boca. Es agradable recordar todas las locuras que hicimos juntas cuando éramos más jóvenes y en todos los líos en que la pobre Phoenix se metió por mi culpa.

Tyler, el novio de Sarah, se sienta en la mesa y coloca allí nuestros abrigos mientras nosotras tres nos quedamos un rato bailando en la pista. Se puede ver a la legua que Sarah y Phoenix salen a menudo a bailar juntas, se compenetran a la perfección y me quedo hipnotizada al observar cómo mueven sus cuerpos al unísono.

¿Cómo podemos ser tan solo amigas? Mi corazón se acelera al sentir su cuerpo junto al mío y cuando Sarah coge la mano de Phoenix y le da una vuelta siento una punzada de celos deseando haber sido yo quien hiciese eso.

—Voy a la barra a por unas cervezas —anuncio.

Al volver a la mesa, el novio de Sarah golpea con la palma de la mano el sillón que se encuentra a su lado y me siento junto a él de mala gana, sintiendo cómo un hilillo de sudor me recorre la espalda.

La fría cerveza rueda por mi garganta y, de pronto, una mano se posa sobre mi muslo. Haciendo un esfuerzo para no atragantarme, giro lentamente la cabeza para ver a Tyler observándome con una sonrisa que me produce arcadas. Es como si estuviese esperando una respuesta por mi parte, como si aguardase mi aprobación para subir un poco más su mano.

Le pongo cara de pocos amigos y cojo su mano, colocándola sobre la mesa, aunque pronto la apoya de nuevo sobre mi muslo.

Lo primero que me viene a la cabeza es su novia. Está bailando a tan solo unos diez o quince metros de nosotros, pero me doy cuenta de que la separación entre las mesas y la pista de baile bloquea la visión de todo lo que esté por debajo de la altura de la cintura.

—¿Tú no te ibas a casar dentro de poco? —protesto en un intento de que impere el sentido común y sus dos neuronas se den cuenta de que lo que pretende hacer no está bien.

Simplemente se encoge de hombros y sonríe de nuevo, deslizando su mano por mi muslo mientras dirige su mirada hacia la pista de baile.

—No me interesan los hombres —me disculpo.

En condiciones normales, le hubiese ya partido la cara, pero prefiero no causar problemas entre Phoenix y sus amigos. Si bien, no sé si le interesa tener amigos como este.

—Me encantaría ver cómo mi novia se lo hace con una mujer. ¿Quieres que se lo proponga? Nunca me niega nada de lo que le pido. Se acostará contigo aunque no tenga ganas —añade con una sonrisa de satisfacción que consigue que se me revuelva el estómago.

—No estoy interesada —respondo intentando mantener la compostura.

—¿No te gusta Sarah? —pregunta sorprendido.

—No es eso.

—Pues dicen que en el instituto tenías fama de ser un poco puta, no le hacías muchos ascos a cualquier chica que se te acercase —espeta de pronto.

—¡Eres un cerdo, joder! —chillo levantándome de la mesa.

—Era solamente una idea, no tienes que ponerte así —se queja Tyler, poniendo los ojos en blanco.

Odio que asuman que por ser lesbiana me interesa acostarme con su novia solo para ponerle caliente. Si me pagasen por cada vez que me han propuesto algo así, sería ahora millonaria. Pero, el comentario que ha hecho sobre mi época en el instituto me ha roto por dentro. No solo el comentario en sí, sino la posibilidad de que haya sido Phoenix la que se lo ha dicho.

—¿Quieres calmarte? Perdona, joder —expone, abriendo las manos como si no entendiese por qué me he enfadado.

—No me pienso calmar —chillo. Y es que no hay nada que me enfade más que me digan que me calme cuando estoy cabreada.

Mis ojos se desvían involuntariamente hacia Phoenix, que ha dejado de bailar y me mira confusa. Dudo que haya podido escuchar nada con el ruido de la música, pero me conoce bien y es evidente que estoy muy enfadada.

—¿Qué pasa? —pregunta arqueando las cejas con Sarah a su espalda.

—Nada, me voy, estoy muy cansada —miento para no causar problemas.

Sus hermosos ojos azules se clavan en los míos y frunce el ceño con desaprobación.

—Sé que te ocurre algo, Erin, dímelo —insiste.

Desvío la mirada hacia Tyler y se ha puesto blanco, pero ya no puedo aguantar más.

—Intentó meterme mano y luego me propuso que me enrollase con su novia mientras él miraba —reconozco con un largo suspiro.

Phoenix se gira bruscamente hacia el novio de Sarah. Su voz retumba como un trueno a nuestro alrededor a pesar del volumen de la música.

—¿Cómo te atreves a hacer eso con tu novia delante? Os vais a casar dentro de dos meses, joder —le recrimina negando con la cabeza.

Tyler abre la boca un par de veces, como si quisiese decir algo, pero ninguna palabra sale de su garganta, cuando su novia interviene.

—Espera un momento, ¿por qué sabes que ha sido culpa de mi prometido y no de tu amiga? Quizá haya sido al revés y cuando Tyler se negó ella se enfadó con él. Me he dado cuenta de cómo le miraba antes —expone Sarah.

—¿Por qué iba Erin a intentar algo con tu novio? —pregunta Phoenix sin un atisbo de duda.

—¿Qué quieres decir? ¿Insinúas que Tyler es poco para ella? —increpa Sarah muy nerviosa.

—No, lo que intento decir es que…

—Phoenix, yo me voy. Siento lo que ha ocurrido —me disculpo, girando sobre mis talones para abandonar la discoteca.

—Te acompaño —añade ella cogiendo mi brazo mientras nos alejamos de sus amigos.

Nos montamos en mi Jeep y hacemos el trayecto en silencio, simplemente escuchando música. Por algún motivo, en la radio solo suenan canciones tristes.

—¡Joder, Erin, el contenedor de basura! —chilla mi amiga al llegar a su casa.

—Ya lo había visto, no iba a chocar con él —miento. No sé por qué en esta ciudad tienen la manía de poner los contenedores de basura en los sitios menos iluminados.

Phoenix deja escapar un suspiro y menea la cabeza, mientras se desabrocha el cinturón de seguridad en silencio.

—Escucha, siento mucho haber estropeado la noche —me disculpo bajando la voz.

—No pasa nada, no ha sido culpa tuya —me asegura mientras se inclina hacia mía para abrazarme.

El calor de su cuerpo y su eterno perfume con notas de madera, lavanda y vainilla hacen saltar chispas por todo mi cuerpo. Hago un esfuerzo supremo para no besarla, aunque intento quedarme con este recuerdo para siempre. Parece una burla cruel del destino.

—Pero has reñido con tus amigos —insisto.

—Ya no tengo muy claro que quiera tenerlos como amigos.

—En cualquier caso, gracias por creer en mi versión.

—Esa parte la tenía muy clara —bromea con un guiño de ojo.

—Te acompaño a la puerta —anuncio saliendo del coche.

—Erin, mi casa está literalmente a cinco metros.

Simplemente me encojo de hombros, pero la acompaño igual. En el fondo de mi corazón, me gustaría poder estirar el tiempo junto a ella.

—Bueno, es hora de despedirse —suspira tras meter la llave en la cerradura.

—Eso parece.

—Erin, estaba pensando que… bueno, nada. Es una tontería.

—¿Qué me quede a dormir contigo? —pregunto alzando las cejas.

—¡Eres idiota! Pensaba que mañana voy a llevar a mi hermano a terapia durante dos horas. Está en el centro de la ciudad, y podríamos dar un paseo juntas y quizá tomar algo. No sé, si te apetece, claro —propone.

—Tenemos una cita —me apresuro a responder levantando mi dedo pulgar en señal de aprobación—. Bueno, tú ya me entiendes.

—Sí, ya te entiendo. ¿Me recoges a las once? —susurra antes de entrar en casa.

Y mientras conduzco de vuelta a la casa de mi abuela, con la música de AC/DC a todo volumen, mi cabeza repasa lo que podemos hacer mañana durante esas dos horas. Quiero saborear cada segundo que paso con Phoenix antes de irme y empiezo a pensar que esta vez la echaré mucho más de menos que hace seis años.

Capítulo 9

Erin

Al día siguiente, conduzco hasta la casa de Phoenix para recogerla junto a su hermano, aunque ya no sé si es buena o mala idea, porque cada vez que nos separamos siento un extraño vacío y eso es algo nuevo para mí.

—Erin, gracias por venir y cuidar de mi hermana mayor —saluda Ethan.

—No te preocupes, que cuidaré bien de ella —bromeo—. Pero ¿tú cómo has crecido tanto?

No veía a Ethan desde que me fui a Londres, ahora me sorprendo al ver lo alto que está ya.

—¿Qué vais a hacer mientras estoy en terapia? —pregunta y veo que sigue tan hablador como de costumbre.

—Cotillear sobre ti.

—No le digas eso que luego se preocupa —me regaña Phoenix en voz baja.

Siempre me encantó el hermano de Phoenix. Es un chico súper cariñoso. Se llevan diez años y nació con síndrome de Down. Antes de marcharme a Londres jugaba mucho con él. Es un fanático del orden, todo lo contrario que yo, y siempre me regañaba por ello a pesar de que era tan solo un niño. Le tengo mucho cariño.

Esta mañana está muy contento. Dos veces al mes le llevan al centro de Edimburgo donde organizan actividades para un reducido grupo y se lo pasa muy bien. Conozco a una de las educadoras que se encargan de preparar esas actividades y dice que, aunque a veces se pasa un poco mal, es el mejor trabajo del mundo.

—Dos horas, ¿no? —le pregunto a Phoenix señalando mi reloj.

—Sí.

—Te invito a tomar algo en The Hub. ¿Cuánto tiempo hace que no vas?

—Erin, he recorrido cada café de esta ciudad un millón de veces buscando inspiración para el mío. The Hub es uno de los que más he visitado —explica arqueando las cejas.

—¿No es increíble que hayan convertido una antigua iglesia en la sede del Festival Internacional de Edimburgo y que ahora tenga un café de lo más pijo? Joder, es que todavía tiene sus vidrieras, sus arcos góticos o esos angelitos de piedra en las puertas. Es flipante.

—El café es una pasada —admite Phoenix asintiendo con la cabeza—. Me encantan las obras de arte que cuelgan de las paredes. Algún día espero poner exposiciones de artistas jóvenes en el mío —añade ilusionada.

—En cualquier caso, invitarte es lo menos que puedo hacer, ya que te estás quedando sin amigos por mi culpa —bromeo en referencia a lo ocurrido el día anterior en la discoteca.

—¿Puedo preguntarte algo, Erin? —interrumpe cambiando de conversación—. Es algo un poco personal.

—Claro.

—Lo que ocurrió ayer, ¿pasa con frecuencia? Es decir, ¿el hecho de que seas lesbiana te hace más interesante para los tíos? No sé si me explico —aclara nerviosa mientras nos sentamos en una de las mesas del café.

Con la mano en la barbilla, medito un poco mis palabras antes de responder, dejando caer la vista sobre la decoración en tonos azules y amarillos del local.

—Con hombres normales no hay ningún problema. Siempre hay algún estúpido que te propone un trío o que te lo hagas con su novia porque eso le excita. Lo de ayer no es la primera vez que me ocurre, aunque tampoco es habitual. Luego están los que te dicen que lo de ser lesbiana se "cura" con una buena polla. Pero bueno, todo eso es una minoría, por fortuna, y es mejor ignorarlo.

—Tiene que joder —susurra.

—Sí, pero insisto que es solo una minoría retrógrada. También hay mujeres que no lo llevan bien.

—Ostras, me acuerdo de Colleen, que no quería cambiarse en el vestuario del isntituto si estabas tú —bromea Phoenix llevándose una mano a la frente.

No puedo evitar que se me escape una carcajada al recordar a Colleen. Tampoco era culpa suya, su familia era excesivamente conservadora y le inculcaron unas ideas quizá algo atrasadas para nuestro tiempo. Aun así, al recordar el instituto, vuelve a la memoria el comentario de la noche anterior.

—¿Ocurre algo? Te ha cambiado la cara de pronto —observa Phoenix.

—No te lo iba a contar, pero ya que ha salido el tema del instituto…Tyler hizo anoche un comentario que no me gustó nada —confieso bajando la voz.

—¿Qué comentario?

—Dijo que por aquellos años tenía fama de ser un poco puta, palabras textuales —indico, mirando fijamente sus ojos azules.

—Es un imbécil. Te juro que yo nunca haría un comentario así sobre ti, Erin. Imagino que ha salido de John Scott, ¿te acuerdas de él? Nunca le caíste bien y son compañeros de trabajo —explica Phoenix con el rostro muy serio y dejándome más tranquila.

—Si por puta quiere decir que me gustaba cambiar de pareja, pues sí —bromeo—. Pero ¿ves? Esa es una de las cosas que más me molesta. Si lo llega a hacer uno de sus amigos, sería un rompecorazones, un casanova, alguien admirado. Si lo hace una mujer, es una puta. No puedo con ese tipo de cosas, me dan asco —admito chasqueando la lengua.

—Creo que soy bisexual —suelta Phoenix de pronto.

Levanto la cabeza sorprendida y la miro por encima de mi taza de café.

—Tengo algo de miedo —admite.

—¿Y eso?

—Ser hetero es lo cómodo, no te sales de la norma establecida por la mayor parte de la sociedad. Es más fácil y es todo lo que he conocido —explica mordiendo su labio inferior.

—No te voy a decir que nunca tendrás ningún problema o que jamás te harán ningún comentario despectivo, pero los tiempos han cambiado mucho y tenemos el privilegio de vivir en un país abierto. No deberías tener miedo.

—Temo el momento de contárselo a mis padres —musita bajando la mirada.

—Ahí sí que no tendrás problema. Les conozco y te quieren mucho, por tanto desean que seas feliz, que estés con alguien que te quiera de verdad —le aseguro.

—Y es todo por tu culpa —añade, señalándome con el dedo índice—. La primera noche que pasamos juntas hace seis años me gustó mucho, pero estaba muy enfadada contigo. Hace unos días, cuando nos volvimos a acostar, algo hizo clic en mi cabeza. El mero hecho de cogerte de la mano ahora me hace temblar.

—Es posible que seas Erinsexual —bromeo pegándole un pequeño golpe en el hombro.

—¡Qué idiota eres! Pero, sí, es posible. En cualquier caso, supongo que debo darte las gracias por esa experiencia.

—Eso lo repetimos cuando quieras —susurro inclinándome hacia ella.

Phoenix cierra los ojos y niega con la cabeza.

—Erin, no estropees este momento —añade.

Nos quedamos calladas unos instantes en los que Phoenix coloca su mano abierta sobre la mesa para que yo la coja entre las mías. Y el instante en que me pierdo en la profundidad de esos ojos azules, me parece de una perfección sublime.

—¿Sabes una cosa, rizos? —inquiero rompiendo el silencio.

—Eres la única persona que me sigue llamando rizos.

—Bueno, ¿te digo algo?

Phoenix se encoge de hombros y asiente con la cabeza.

—Cuando te conocí en el instituto, te odiaba con todo mi ser. Me parecías la típica niña cursi perfecta. Con esos ojos azules preciosos y tus rizos. Siempre portándote bien, sin romper un plato. No fue hasta aquel día que nos castigaron juntas que empecé a verte de otro modo.

—Joder, qué nerviosa estaba aquel día —reconoce Phoenix entornando los ojos.

Es que yo estaba acostumbrada a que me castigaran, pero para ti era la primera vez. Aquel día comprendí que llegaríamos a ser buenas amigas, era como si el destino te hubiese puesto allí para que nos conociésemos mejor.

—Tengo muy buenos recuerdos de los últimos años de instituto junto a ti, aunque me metieses en infinidad de problemas —confiesa con una sonrisa cargada de melancolía.

—Supongo que con el paso de los años te quedas con los buenos momentos, esos que han dejado una huella indeleble en tu memoria —respondo mientras una plétora de sentimientos me invade de pronto.

—¿Alguna vez te has preguntado qué pasaría si pudieses retroceder en el tiempo para cambiar las cosas? —inquiere apretando mi mano.

—Habría hecho todo lo posible por conquistarte. Cero dudas. No habría tenido ojos para ninguna otra chica del instituto y esos idiotas a los que llamabas novios no habrían tenido ninguna posibilidad contra mí —respondo del tirón.

—¿Crees que podrías haberte conformado con una sola chica? ¿Tú? ¿En serio?

—No tengo ninguna duda. Te quiero desde que teníamos dieciséis años y me sentía miserable cada vez que te veía con uno de esos imbéciles con los que salías. Si es que parecía que los elegías por tontos. Hubiésemos sido muy felices juntas —añado con un largo suspiro.

—Me vas a hacer llorar —susurra tapándose el rostro con las manos.

—¿Puedo preguntarte algo?

—Sí, claro —responde.

Dejo escapar un largo suspiro, ordenando las palabras para no herirla de ningún modo.

—Cuando estuve en tu casa la noche de los juegos, abrí por equivocación un armario y encontré todos los regalos que te había enviado por tu cumpleaños o por Navidad. Estaban sin abrir, en su envoltorio original. Siento preguntártelo, pero me extrañó mucho —añado para rebajar la tensión.

—Estaba enfadada contigo, pero no tan enfadada como para tirar los regalos a la basura —explica abriendo las manos—. Ya conoces el motivo. Es que ni siquiera te pasaste a saludar ni me llamaste por teléfono.

—Vivo en Londres, no en la Antártida. Tú también podías haber venido a visitarme y no hablo ya de llamar por teléfono —me quejo.

—Supongo que las dos hemos sido unas amigas de mierda —confiesa Phoenix inclinándose para besarme en la mejilla.

—Pero yo creo en las segundas oportunidades —susurro.

—No veo claro cómo podemos ser más que amigas, ya lo hemos hablado.

—Te daré un tiempo para pensarlo, ahora es mejor que vayamos a recoger a tu hermano —indico señalando el reloj con el dedo índice.

Mientras regresamos a la zona en la que viven los padres de Phoenix para dejar a su hermano, empiezo a darme cuenta de que abrirme a ella y compartir mis sentimientos ha sido liberador. Creo de verdad que si pudiera viajar al pasado y cambiar una sola cosa en mi vida, sería justo lo que le dije a Phoenix. Habría hecho todo lo posible por seducirla, intentaría no dejarla escapar, cambiaría por ella. Lucharía por estar a su lado y que fuese la persona con la que compartiría mi futuro.

—¿Podemos parar a por una hamburguesa? —pregunta Ethan al ver un Burger King de camino a la casa de sus padres.

Con una sonrisa, giro a la derecha y me meto en el aparcamiento de la hamburguesería mientras me dirijo a …

—¡Erin, la barrera! —chilla Phoenix tapándose los ojos.

—¡Que ya la había visto, joder! —miento—. Iba a frenar justo ahora, no hace falta que grites.

—Erin necesita gafas —bromea Ethan muerto de risa en el asiento de atrás.

Antes incluso de que salgamos del aparcamiento, Ethan no puede resistirse a la tentación de empezar a comer su hamburguesa con patatas fritas. El Jeep se llena de un olor a sal y grasa que puede que no sea lo más saludable, pero que consigue que me entre el hambre y cuando le dejamos en casa con sus padres, mi estómago comienza a rugir.

—¿Te apetece cenar en mi casa? —propone Phoenix con una sonrisa a la que no podría negarle nada.

—Eh, comida gratis. A eso siempre me apunto —bromeo, aunque mi corazón empieza a latir con tanta fuerza que amenaza con salirse del pecho.

Capítulo 10

Erin

Dos horas más tarde, aparco frente a la casa de Phoenix teniendo cuidado de no llevarme por delante el contenedor de basura. Estoy convencida de que alguien se dedica a moverlos cada vez que ven aparecer mi Jeep. Mi mente es un avispero de ideas mientras hago una pequeña pausa antes de llamar a la puerta. ¿Me ha invitado solamente para pasar un rato?

Cuando la acompañé al servicio en The Hub juraría que por un instante esperaba que pasase algo. Estuve a punto de intentarlo, pero frené a tiempo, aunque creo que vi la decepción en sus ojos. Si ella supiese el esfuerzo que he tenido que hacer…jamás pensé que podría conseguir algo así, mucho menos con Phoenix. Pero sé que si empezamos a tontear y me marcho a Londres le haré daño.

No me importaría intentar una relación a distancia, quizá funcionase, aunque ella me ha dejado muy claro que no lo quiere y no la culpo por ello. Yo no tendría una relación a distancia conmigo misma. Es demasiado arriesgado.

—¡Joder! —suspiro cuando abre la puerta.

Está preciosa. Tanto, que dudo por unos instantes si debo entrar. Ahora ya no tengo tan claro que esta cena sea simplemente para charlar y pasar un buen rato. Bueno, un buen rato estoy segura de que lo pasaríamos igual, pero de un modo muy distinto. O quizá es que estoy tan acostumbrada a utilizar todo tipo de pequeños trucos para ligar que veo amenazas donde no las hay.

—¿Has traído galletas de chocolate de tu abuela? —pregunta sorprendida al ver la bandeja que llevo en la mano.

—Recién salidas del horno. Alguna la ha hecho Vika —anuncio, señalando a tres o cuatro galletas deformes con una barbaridad de chocolate por encima.

—Me encanta —susurra mordiendo su labio inferior y juro que cada vez que hace ese gesto de manera inconsciente me tiembla todo el cuerpo.

Mientras lleva la fuente de galletas, todavía calientes, a la cocina, me quedo en el salón observando con sorpresa todo el esfuerzo que ha dedicado en colocar la mesa. Pensé que pediríamos unas pizzas o algo rápido, pero lo ha preparado todo casi como una cena formal. Hasta ha puesto una vela en el medio.

—Phoenix, esto no es una cita, ¿no? —pregunto extrañada.

—Para nada —grita ella desde la cocina—. ¿Quieres un poco de vino?

Desde el sofá, observo sus movimientos. Hasta algo tan mundano como abrir una botella de vino parece elegante en sus manos.

—Por retomar viejas amistades —exclama levantando su copa.

—Porque no se vuelvan a romper —añado.

—¿Tienes hambre?

—Mucha. No podía escuchar la radio de lo que rugían mis tripas mientras venía —bromeo.

—Pues tengo una sorpresa para ti. Espera aquí, no te muevas —indica levantando la mano para que me quede quieta mientras se adentra de nuevo en la cocina.

—No vas a venir sin ropa, ¿no?

Pero no le da tiempo a responder. De pronto, la estancia se llena de un irresistible aroma a cerdo asado que solamente puede provenir de un lugar.

—Joder, tienes que estar de broma. ¿Cómo has conseguido comida del Oink a estas horas? —pregunto sorprendida.

—Una que tiene sus contactos. Quería prepararte algo especial y recordé lo muchísimo que te gustaban los bocadillos de cerdo asado del Oink hace años. Soy muy amiga de una de las camareras y me hizo un favor —explica.

—Ha sido un detalle increíble —reconozco mientras pienso que me conoce muy bien, porque la comida es la forma más rápida para hacer que me derrita.

La cena prosigue tranquila. Sin dramas, recordando los viejos tiempos, volviendo a retomar nuestra amistad, que parece no haberse roto nunca. De pronto, Phoenix se pone muy seria y me clava sus ojos azules.

—¿Ocurre algo?

—He preparado una cosa. Espero que te guste —susurra. Sus mejillas se tornan de un ligero tono rosáceo que me vuelve loca.

—Sabes que me encanta cuanto te ruborizas, ¿verdad?

—Eres tonta —musita poniendo los ojos en blanco—. Espero que te guste, pero debo vendarte los ojos.

Observo con sorpresa cómo Phoenix saca de su bolsillo una venda negra, y con evidente nerviosismo, la coloca con delicadeza sobre mis ojos.

—Si es algo sexual, te advierto que prefiero que también me ates al cabecero de la cama. ¿Tienes una fusta a mano?

Phoenix no responde, pero me la puedo imaginar entornando los ojos y meneando la cabeza para indicar que soy tonta. En cambio, me coge de la mano y me conduce por un pasillo hasta lo que creo que debe ser su dormitorio.

—¿Estamos en tu cuarto?

—Sí.

—Puf.

—Puf, ¿qué?

—No sé, ¿me quito la ropa o me la quitas tú?

Juro que estaba dispuesta a oponer un poco más de resistencia, pero tras el detalle de la cena del Oink y traerme con los ojos vendados hasta su habitación, mis defensas han desaparecido. Una cosa es resistirse en los baños de un café abarrotado de gente y otra muy distinta hacerlo en estas condiciones.

—Eres idiota, Erin —susurra pegándome un azote en el culo.

—Te aviso de que eso me pone mucho —admito encogiéndome de hombros.

—¡Quítate la venda, anda! No vamos a hacer nada de lo que te estás imaginando. Eres una guarra.

—¿Vamos a abrir regalos?

—Vamos a abrir todos los regalos que me has enviado a lo largo de estos años. ¿Necesitas cambiarte de bragas o estás bien así? —bromea muerta de risa y llevándose una mano a la frente.

Y efectivamente, sobre la cama, ha colocado cuidadosamente todos los regalos.

—Estoy lista para abrirlos y quiero hacerlo contigo —confiesa—. Hasta ahora no lo he estado, reconozco que tenía sentimientos muy encontrados sobre ti y te pido disculpas por ello.

—¡Vaya presión que me metes!

Phoenix me clava la mirada y ladea la cabeza como preguntándose si hablo en serio.

—Es broma, espero que te gusten —me apresuro a aclarar.

—Adelante, dime en qué orden deben abrirse —propone.

Intento hacer memoria y le voy pasando los regalos en el orden que creo que debe abrirlos. Mi corazón salta de alegría cada vez que un nuevo regalo es desenvuelto y los ojos de Phoenix me indican que le ha gustado.

Todos y cada uno de ellos han sido elegidos con esmero, dependiendo de mis gustos particulares en cada uno de esos años y de lo que creía que le podía gustar a ella. Hay un poco de todo; una botella de vino que compré en España, una camiseta, velas aromáticas… pero mi corazón tiembla de emoción al llegar al último regalo.

—¿Y esto? ¿Es un sobre? —pregunta confusa meneándolo en el aire.

—¡Ábrelo!

—Joder, esto es… No me lo puedo creer, ¿cómo lo has conseguido? ¿Lo habías guardado todos estos años?

Phoenix trata de secarse las lágrimas que ruedan por sus mejillas mientras intenta hablar entre sollozos. Sus manos se aferran al pequeño trozo de papel arrugado que representa un recuerdo inconfundible del comienzo de nuestra amistad.

—Es la nota en la que me comunicaron que estaba castigada y tuve que pasar dos horas contigo. Recuerdo que estaba muy enfadada, hice una bola con el papel y te lo tiré a la cara —admite sin intentar ya contener las lágrimas.

—Seguramente me lo merecía —confieso.

—Supongo que sí, no recuerdo bien lo que me dijiste, pero había sido una estupidez. Un comentario idiota. Quién me iba a decir que aquel día te conocería un poco mejor y empezaría nuestra amistad.

—¿Te gusta?

—Me encanta, Erin —admite con un hilo de voz apenas audible.

—Pensé que te haría ilusión tenerlo.

—No me puedo creer que lo conservaras todos estos años —se sorprende clavándome sus hermosos ojos azules, ahora repletos de lágrimas.

—Ese papel representa algo muy importante para mí —reconozco.

—Tengo la cama llena de tus regalos de estos últimos años, pero nunca me habían regalado algo así. Para mí, tiene más valor que todo lo demás junto —expone acercándose a mí para abrazarme.

Y cuando me envuelve entre sus brazos y siento sus labios sobre mi mejilla, todo mi cuerpo tiembla de anticipación y tengo muy claro que no me voy a poder resistir.

—¿Al final vamos a ser solo amigas o cómo funciona esto? —bromeo cuando sus labios rozan los míos.

—Ya, Erin, somos mujeres adultas —protesta.

—No, si yo no me quejo.

—Me alegro de que estés de acuerdo —susurra apartando parte de los regalos que hay sobre la cama y empujándome para colocarse sobre mí.

Phoenix

Quería que la cena con Erin fuese especial y más tarde abrir con ella los regalos. Algo que no me había atrevido a hacer en todos estos años. Cada uno de ellos me trajo algún recuerdo bonito, sé que todos fueron elegidos con el corazón, no simplemente para cubrir un mero trámite. Sin embargo, abrir el último sobre y observar que había guardado la nota que comunicaba mi castigo, esa misma nota que me permitió empezar a conocerla, consigue que me derrita. Es típico de Erin, a veces puede ser una persona muy egoísta, pero otras veces tiene unos detalles maravillosos.

—¿Decías en serio lo de atarte al cabecero de la cama? —pregunto tras apartar los regalos y colocarme sobre su cuerpo.

—¿Dónde está la Phoenix que conozco y qué has hecho con ella? —bromea.

—Contesta —susurro.

—Me excitaría muchísimo. ¿Tienes unas esposas?

—No.

—Puedes usar unas medias si quieres —propone.

—¿Puedo taparte los ojos?

—Phoenix, ¿has hecho esto alguna vez? —pregunta abriendo los ojos con sorpresa.

—No, pero no te puedes hacer una idea de lo excitada que estoy ahora mismo —admito bajando la voz.

Antes de que me quiera dar cuenta, Erin está completamente desnuda sobre el colchón, con los ojos vendados y las manos atadas con prisa al cabecero de la cama con unas medias negras. Seguramente puede soltarse con facilidad, pero me ha asegurado que no lo hará.

—Espera un momento, que quiero probar una cosa —susurro a su oído.

Al poco rato, vuelvo al dormitorio con dos cubitos de hielo en un plato y los dejo sobre la mesita de noche para a continuación acariciar con la yema de mis dedos sus labios.

—¿Por qué tienes los dedos tan fríos? —susurra abriendo la boca para intentar chuparlos.

—¡Cállate! —suspiro deslizando la palma de mi mano entre sus pechos.

Erin arquea la espalda, pequeños gemidos se escapan al acariciar sus pechos.

—¡Ah! —jadea al sentir la primera gota de agua helada caer sobre sus labios.

Abre la boca suspirando al tiempo que deslizo el hielo por su barbilla, y al colocarlo sobre su boca, saca la lengua para lamerlo, dejando escapar esos suaves gemidos que ve vuelven loca de deseo.

—¡Joder! —suspira tensando su cuerpo.

—¿Te gusta?

—Mucho —admite— es súper excitante.

Desde la barbilla, el cubito de hielo va dejando un reguero de helada humedad hasta su cogote y haciendo círculos alrededor de uno de sus pezones, observo cómo se le pone la carne de gallina alrededor de la areola.

—¡Joder! —repite en cuanto el cubito de hielo roza su pezón derecho.

—Te vas a hacer daño si sigues tirando de las ataduras —indico entre susurros al ver que tensa cada músculo de su espalda cuando siente el hielo en la zona de su ombligo.

—No, Phoenix, más abajo no —suplica al ver que recorro su pubis en dirección a su sexo.

—Shhh, ¡cállate!

—Phoenix, joder, ¡Ni se te ocurra ponerlo ahí abajo! —protesta, aunque sus gemidos van en aumento.

Acaricio mis pechos con la mano izquierda jugando con mis pezones, excitada al observar el cuerpo de Erin contorsionarse contra las ataduras cada vez que una de las frías gotas rueda entre sus piernas.

—Eres una cabrona, Phoenix, esto es tortura —se queja entre gemidos.

—Entonces parece que te gusta que te torturen —bromeo entre risas.

Erin grita, elevando las caderas al sentir el hielo gotear sobre su clítoris y no puedo evitar tocarme con la mano libre, confundiendo mis gemidos con los suyos en una sensual melodía.

Cada roce cerca de su sexo es un nuevo suspiro, todo su cuerpo se tensa. Jadea, gime, grita suplicando que deje el hielo y que introduzca mis dedos.

Sin poder aguantarlo por más tiempo, deslizo mi cuerpo sobre el suyo y nos besamos con pasión. Erin me busca en la oscuridad, recorriendo con su lengua el contorno de mis labios, mordiendo mi labio inferior mientras yo apago mis gemidos en su boca.

Lanzo lo que queda del cubito de hielo al suelo y me deslizo hasta su sexo, lamiéndolo lentamente. Erin tensa el abdomen al llegar a su clítoris, y grita al sentir mis dedos en su interior.

Colocando la mano izquierda sobre su pubis, le acaricio el clítoris con mi pulgar mientras sigo con mis dedos en su interior, hasta que eleva las caderas y con un fuerte grito, se deja caer sobre la cama.

—Te voy a matar —me asegura con la respiración entrecortada, su voz apenas un susurro.

—Pues prepárate porque no me puedes dejar así —le aviso mordiendo mi labio inferior con deseo —me tienes goteando.

—Sube hasta mi boca —suspira.

Y en cuanto coloco mi sexo entre sus labios y su lengua lo recorre como solamente ella sabe hacer, no sé si he muerto y subido al paraíso o sigo en mi dormitorio.

Me balanceo sobre su lengua, buscando frotar mi excitación con su boca, su barbilla o cualquier otra parte de su cara que me pueda proporcionar placer. Acaricio mis pezones, sus uñas clavadas en mis nalgas, suaves gemidos apagados en mi sexo que me vuelven loca de deseo.

Tiro de su pelo pegándola más a mí, liberando un orgasmo que rompe como las olas del mar del Norte en un día de invierno. Pequeños espasmos de placer sobre su boca mientras ambas tratamos de recuperar la respiración y un sutil "te quiero" se escapa de mi garganta.

Capítulo 11

Phoenix

—¡Mierda! Apaga la alarma del móvil, es muy temprano —se queja Erin tapándose la cara con la almohada.

—Tengo que levantarme —susurro—. Tú sigue durmiendo.

—¿Qué hora es?

—Las seis, duérmete —insisto.

—¿Para qué coño te levantas a las seis?

—Abrimos a las ocho, debo preparar al menos una hornada de magdalenas para cuando vengan los primeros clientes —le explico mientras entro en el cuarto de baño a darme una rápida ducha.

Ayer por la noche me dijo que se quedaría dos semanas más en Edimburgo y mi corazón casi se sale del pecho. No sé exactamente lo que tenemos entre nosotras ahora mismo. Nada serio, supongo, pero el hecho de que Erin cambie sus planes para quedarse más tiempo conmigo me llena de alegría.

Visto desde fuera, podría parecer una estupidez. Hace tan solo unas semanas sabía muy poco de su actual vida, tan solo pinceladas que me iba comentando su abuela. Bueno, sigo sabiendo poco de su vida, pero Erin siempre ha sido muy celosa de su intimidad, un poco hermética. Así como yo he llorado en su hombro un montón de veces, no recuerdo ni una sola ocasión en la que ella lo hiciese en el mío. Siempre ha preferido tragarse sus problemas.

El caso es que empiezo a quedarme colgada y sé que es una gran equivocación. He ganado algo de tiempo adicional, pero se irá de igual modo de Edimburgo. Ese día tengo muy claro que me voy a romper aunque no haya nada serio entre nosotras. Sé que lloraré y la echaré de menos. Soy consciente de que debimos mantener nuestra relación estrictamente dentro del plano de la amistad, pero con Erin eso no es nada fácil.

No creo que pueda deshacerme de la idea de estar a su lado tan fácilmente. Imagino que cuando se vaya a Londres no podré evitar pensar en ella, como un pájaro encerrado en una jaula que sigue moviendo las alas a pesar de que ha perdido su libertad. Solo espero que cumpla su promesa y nos veamos a menudo, aunque me comerán los celos por dentro cada vez que sepa que ha quedado con otra mujer.

—¿Qué haces? —pregunto al sentir su cuerpo desnudo pegado al mío en la ducha.

—Ducharme, ¿no querrás que huela mal?

—Sepárate, Erin, te lo digo en serio, no puedo llegar tarde —me quejo al observar que se está excitando mientras se pega a mí y frota su sexo en mis nalgas.

—Dime que no te apetece.

—Sabes que me apetece, pero tengo que hacer las magdalenas —protesto dándome la vuelta y separando su cuerpo del mío.

Chasqueando la lengua, se separa de mí y se sienta en el borde de la bañera mientras yo me enjabono el pelo con prisa y escurro bien el agua, dejando que los miles de gotas rueden sobre mi espalda y me ayuden a relajarme cuando…

—¡Erin, joder! ¡No seas guarra!

—¿Tú nunca te masturbas?

—Pero puedes irte al dormitorio, no sé. No tienes por qué hacerlo dentro de la bañera delante de mí —protesto, aunque la verdadera razón no es que me moleste ver cómo lo hace, sino que me acabo de excitar demasiado y sé que esto lleva mal camino. A este paso voy a llegar tarde seguro.

Erin se levanta y poniendo las manos en mi cintura, me hace girar. Se coloca detrás de mí para enjabonar mi espalda con ese toque tan suyo que me hace enloquecer. Cierro los ojos y ladeo mi cuello, mientras vierte champú para enjabonar suavemente mi pelo.

—Ya me he lavado la cabeza —susurro sin fuerzas para quejarme.

—Es por si no lo has hecho bien —musita junto a mi oído, haciéndome temblar de deseo.

Suspiro de placer al sentir sus manos recorrer mi espalda, enjabonando mis hombros con una sensualidad sublime, deslizando las manos por mis costados hasta detenerse en las caderas.

—Ahora te voy a follar —murmura pegada a mi cuerpo antes de empujarme contra la pared de la ducha y colar una de sus manos entre mis piernas.

—Erin, por favor, me tengo que ir, ya tendremos tiempo más tarde —anuncio separándome de ella, aunque todo mi cuerpo está temblando.

—Joder, eres única rompiendo los momentos románticos —protesta negando con la cabeza.

Me encojo de hombros y junto las manos en señal de disculpa, pero he dedicado demasiado esfuerzo y dinero a mi negocio como para abrir un día sin magdalenas por echar un polvo en la ducha. Soy la primera que tiene que dar ejemplo a mis empleadas.

—Voy contigo.

—¿No tienes algo que quieres terminar por ti misma? —bromeo señalando entre sus piernas.

—Ya lo terminarás tú esta noche. Pero me lo vas a compensar —amenaza arqueando las cejas y apuntándome con el dedo índice.

—Va a ser un rollo —aviso—. Te agradezco que me acompañes, pero te vas a aburrir. ¿Seguro que no prefieres quedarte durmiendo o haciendo esa otra cosa que sé que te apetecería en estos momentos.

Erin me mira y ladea la cabeza como meditando su decisión antes de responder.

—Me mueve un interés puramente egoísta. Quiero aprender a hacer tus magdalenas para cocinárselas a Vika —admite encogiéndose de hombros.

***

El viejo Jeep azul se incorpora a la carretera con la música rock a todo volumen como suele ser habitual en ella y todavía en la oscuridad de la noche, empiezo a darme cuenta de que Erin conduce aún peor que cuando se sacó el carnet de conducir, lo cual es extraño. Se pega mucho a los coches y no parece ser capaz de leer las señales hasta que estamos muy cerca.

—¡Salida 27, Erin! —grito al ver que casi nos la pasamos.

—Ya la había visto, joder —se queja dando un volantazo hacia la derecha que hace tambalearse el viejo Jeep.

—Espera, va a tener razón mi hermano y necesitas gafas —expongo tras meditarlo un poco.

—¡Qué gilipollez!

—Erin, dime la verdad.

—Es una mínima corrección. Me arreglo bien sin ellas —responde mientras nos metemos en el centro de Edimburgo.

—Y claro, sería una pena ponerle unas gafas a esos ojitos grises tan bonitos, ¿verdad?

—Ya te he dicho que es una corrección mínima, en realidad no las necesito. Es opcional —insiste, haciendo una mueca como si no quisiese mantener esta conversación.

—No me lo puedo creer, Erin. Vas de dura y eres una coqueta. ¿Por qué no te pones lentes de contacto?

—Soy incapaz de meterme nada en el ojo —responde con sequedad.

Sacudo la cabeza divertida y decido no seguir presionando. Ya habrá tiempo para hablar del tema, aunque hago una nota mental de conducir mi coche siempre que sea posible y evitar que ella lo haga.

***

—¿Y no hay que hacer nada más? ¿Eso es todo? Pues la receta magistral no es tan complicada —bromea Erin en cuanto metemos las magdalenas en el horno.

Me ha ayudado a preparar la primera hornada de magdalenas y entre las dos hemos ido mucho más rápido.

—Ahora solamente tenemos que esperar a que terminen de hacerse y meter la siguiente hornada —le explico.

—¿Y qué sueles hacer mientras esperas?

—Pues no sé, depende del día. Limpiar, preparar algo más, o simplemente mirar las redes sociales. Por cierto, estás muy guapa con harina en la nariz —bromeo al ver que seguramente se ha rascado y se ha manchado.

—A mí se me ocurre una cosa mucho más divertida que hacer mientras esperas —interrumpe acercándose a mí con pequeños pasos.

Y esa sonrisa que ha puesto me la conozco bien y sé dónde nos va a llevar.

—Solo tardan de quince a veinte minutos, Erin —señalo abriendo las manos en señal de disculpa.

—Yo creo que es suficiente para uno rápido, esperemos que no se nos quemen las magdalenas —insiste, pegándose a mí y colocando su frente sobre la mía para susurrar sus palabras.

Y en cuanto su nariz roza ligeramente mi piel y siento sus labios en mi cuello, sé que no me voy a poder resistir. Erin desabrocha mis pantalones, coloca sus dedos pulgares por debajo de la goma de mis ropa interior y me baja ambos hasta las rodillas. Roza con el reverso de su mano mi pubis sin romper el contacto visual, clavándome esos ojos grises de una profundidad infinita, que ahora muestran un deseo salvaje que me hace estremecer.

—¡Erin, la harina! —protesto cuando me coge por la cintura y me levanta para sentarme sobre la encimera.

Percibo la suave textura bajo mi piel, intentando mantenerme sobre los codos para no manchar la camisa que llevo puesta mientras ella desliza sus dedos entre la humedad de mi sexo.

Instintivamente, abro las piernas y los siento entrar lentamente, milímetro a milímetro, provocándome con la mirada al tiempo que mis gemidos van en aumento.

Pronto, estoy completamente a su merced, abro la boca buscando aire, tenso los dedos de mis pies sintiendo cómo me penetra a un ritmo constante, haciendo leves pausas para curvar los dedos o hacer algún círculo. Como si tuviesen vida propia, mis piernas comienzan a temblar. Erin muerde ligeramente mis caderas sin cesar en su ritmo hasta que no puedo aguantar más y dejo caer mi cuerpo sobre la encimera sin importarme ya si la ropa se mancha o no.

Es, como dice ella, solo un polvo rápido, pero son esos repentinos arrebatos de pasión los que me vuelven loca. El deseo primario que veo en sus ojos cada vez que se excita es suficiente para hacerme perder el sentido y los mimos que te ofrece a continuación hasta que te recuperas, se sienten tan bien como el propio sexo.

—Han llamado a la puerta, debe ser el personal —anuncio nerviosa, tratando de cepillarme el pelo para que no se note lo ocurrido.

—Estás muy guapa, rizos —me asegura Erin sacando las magdalenas del horno, quizá un poco más doradas de la cuenta—. Abre la puerta mientras yo limpio este desastre.

—Me debes un kilo de harina —bromeo antes de salir de la cocina y apresurarme a abrir a mis empleadas.

La mañana transcurre sin mayor sobresalto y estoy casi segura de que ninguna de las camareras ha sospechado lo ocurrido, aunque se han extrañado al ver a Erin en el local tan temprano. Se ha sentado en una de las mesas y observa divertida a un grupo de turistas que tratan de hacerse entender en algún idioma del Este de Europa.

De pronto, una mujer de aspecto elegante irrumpe en el café y el rostro de Erin cambia por completo cuando camina hasta su mesa.

—Ángela, ¿qué haces aquí? —pregunta con evidente confusión.

—He venido a hablar contigo, ya que no respondes a mis llamadas —contesta la mujer alzando ligeramente la voz.

De inmediato, dejo lo que estoy haciendo y me dirijo hasta la mesa en la que Erin está sentada. Una opresión en el pecho no me deja respirar con facilidad, tengo un mal presentimiento.

—Te he dicho que no había nada más que hablar —se defiende Erin, aunque parece haber perdido parte de su seguridad.

Ya estoy harta, ni siquiera me molesto en disimular. Necesito saber quién es esa mujer como si mi vida dependiese de ello.

—¿Qué ocurre? —pregunto escondiendo las manos para que no me vean temblar.

—¿A ti qué te importa? —espeta la elegante mujer que además de guapísima es una maleducada.

—Soy la propietaria del café, así que me importa todo lo que ocurra en él, sobre todo si incluye a mi amiga —aclaro sacando toda la valentía de la que soy capaz—. ¿Y usted es…?

—Su prometida —suelta de golpe y mi corazón se detiene.

—Su… ¿qué?

—No es mi prometida, Phoenix —interrumpe Erin.

—Al menos lo era hasta que me devolviste el anillo por correo y te marchaste de la empresa. Podías haber tenido la valentía de dármelo en mano —se queja la mujer.

Tras escuchar esas palabras estoy muy cerca de tener un ataque de ansiedad. No puedo ni siquiera imaginar que Erin pueda tener un comportamiento tan cruel. Sé que no dura mucho en sus relaciones, soy consciente de que ha dejado llorando a muchas mujeres, pero esto está ya a otro nivel. Me niego a aceptar que mi amiga sea capaz de algo así.

Las ideas se agolpan en mi mente tratando de buscar una explicación donde seguramente no la hay. Hace unos instantes era la mujer más feliz del mundo haciendo el amor con ella en la encimera de la cocina, nuestros cuerpos desnudos embadurnados en harina. Ahora me entero de que estaba prometida y se ha estado acostando conmigo de igual modo. No quiero aceptarlo, pero me temo que es la realidad. Debo reconocer que quizá Erin no solo no ha cambiado, sino que ha ido a peor.

—Erin, ¿me lo quieres explicar? —balbuceo.

—Te lo explicaré todo, ¿vale? Pero antes tengo que hablar con ella —susurra cogiéndome de la muñeca.

Instintivamente, retiro la mano y puedo observar la decepción en sus ojos.

—¿Cuándo?

—Más tarde, en cuanto hable con ella, de verdad —me asegura.

Ni siquiera respondo, giro sobre mis talones y me encamino a la cocina sin molestarme en esconder las lágrimas que se escapan de mis ojos. Punzadas de rabia y celos atraviesan mi corazón y una oleada de calor recorre todo mi cuerpo. Me siento traicionada. Sé que no tenemos nada serio, sin embargo, había confiado en Erin, le abrí mi corazón. Si ella me lo hubiese pedido hubiese incluso aceptado una relación a distancia.

En cambio, ahora…

Me invade la ira, ahogo un grito de impotencia mientras golpeo con fuerza la encimera de la cocina, esa misma que nos ha visto devorarnos desnudas poco tiempo antes. Erin es una zorra, jamás hubiese esperado algo así de ella. No hay explicación posible para lo que le ha hecho a esa pobre mujer. O a mí.

Capítulo 12

Erin

Me detengo en seco, atónita, con los ojos muy abiertos y la mandíbula desencajada al ver entrar a mi ex en el café de Phoenix. Ángela aquí, en Edimburgo. La muy cabrona tiene que aparecer justo hoy que el día no podía haber empezado mejor y la noche prometía con seguir mejorando. El destino me odia, estoy convencida de ello.

—Ángela, ¿qué haces aquí? —inquiero tan confusa que apenas puedo pronunciar palabras.

—He venido a hablar contigo, ya que no respondes a mis llamadas —contesta ella. Ha subido el tono de voz en un lugar público, así que no me cabe la menor duda de que está muy enfadada.

Por el rabillo del ojo, observo a Phoenix acercarse a nosotras con pequeños pasos y una evidente tensión en su rostro.

—Te he dicho que no había nada más que hablar —respondo con preocupación al ver que Phoenix ya está a nuestro lado.

—¿Qué ocurre?

—¿A ti qué te importa? —ladra Ángela que ha perdido los papeles y me temo que esto va a acabar mal.

—Soy la propietaria del café, así que me importa todo lo que ocurra en él, sobre todo si incluye a mi amiga —responde Phoenix nerviosa. Menos mal que no ha utilizado la palabra novia, porque si no íbamos a tener un buen lío montado—. ¿Y usted es…?

—Su prometida —suelta Angie de golpe y puedo observar que Phoenix se ha quedado pálida.

—Su… ¿qué?

—No es mi prometida, Phoenix —me apresuro a aclarar antes de que a Phoenix le dé un infarto.

—Al menos lo era hasta que me devolviste el anillo por correo y te marchaste de la empresa. Podías haber tenido la valentía de dármelo en mano —se queja mi ex.

Mi mirada alterna entre ellas y me temo que esto no va a acabar nada bien.

—Erin, ¿me lo quieres explicar? —la barbilla de Phoenix tiembla al hablar y se me parte el corazón verla así.

Lo último que quiero es que se piense que me he estado acostando con ella mientras estaba al mismo tiempo con otra mujer. No me siento orgullosa de ello, pero he dejado ese tipo de comportamiento en el pasado. Tampoco quiero montar un numerito en medio de su café, varios de los clientes ya nos miran con sorpresa, así que debo elegir con cuidado mis palabras y evitar toda confrontación.

—Te lo explicaré todo, ¿vale? Pero antes tengo que hablar con ella —susurro cogiendo a Phoenix por la muñeca y suplicándole con la mirada que me deje hablar a solas con Angie.

Phoenix da media vuelta y se mete en la cocina, sus ojos me dejan claro que está a punto de ponerse a llorar y me parte el corazón que sea por mi culpa. Me juré a mí misma que jamás le haría daño y ahora me veo envuelta en una situación que no sé muy bien cómo voy a solucionar.

—Erin, desapareciste de pronto. Todo lo que he sabido de ti es un sobre certificado con el anillo de compromiso y una nota del departamento de Recursos Humanos diciendo que cogías tres semanas de vacaciones —expone Ángela como si yo no lo supiese. Ahora se hace la buena, pero sé muy bien lo hija de puta que puede llegar a ser.

—¿Cómo me has encontrado?

—Me costó la misma vida, y una buena cantidad de dinero. Tuve que contratar a una agencia de detectives para que siguiese tu rastro. Imaginaba que podrías estar en Edimburgo con tu abuela, lo que nunca imaginé es que tuvieses una doble vida, incluyendo una segunda novia.

—No sé de qué coño estás hablando —me quejo—. Phoenix no es mi novia, y aunque lo fuese, no tendría otra novia porque tú ya no lo eres. Ahora, ¿me puedes explicar por qué has venido hasta Edimburgo?

—Para hacerte entrar en razón y que vuelvas conmigo a Londres —susurra Angie, con esos ojitos de cachorrito desamparado que sabe poner cuando quiere conseguir algo. Nadie diría que en el fondo es una cabrona y si no que se lo pregunten a cualquiera de mis compañeros de trabajo. La muy zorra les tiene atemorizados a todos.

—Ángela —suspiro meneando la cabeza.

—Sé que el compromiso te asusta. Si no te sientes preparada podemos ir más despacio, seguir saliendo unos meses, tomarnos las cosas con más calma. Lo entiendo, Erin.

—No es eso y lo sabes.

Aunque he hecho todo lo posible por hacerle entender que no quiero estar con ella, sigue aferrándose a la idea de que seguimos juntas. Puedo verlo en su mirada, ese profundo anhelo de que aún hay esperanza. Lo veo en su cuerpo, en cada una de sus palabras.

—¿Es por mí? —por favor, que no monte un numerito en medio del café de Phoenix.

—No, Ángela. No es por ti, tampoco es por mí. Simplemente no ha funcionado entre nosotras, eso es todo.

Antes siempre decía que era por mi culpa, pero llegué a la conclusión de que les hacía sentir aún peor. También he renunciado a la típica frase de "podemos seguir siendo amigas", me he llevado algún tortazo tras decir esas palabras.

—Entonces, ¿no es por mí? —su frase es tan solo un susurro.

—Ya te he dicho que no. Voy a presentar una carta de dimisión y a mudarme definitivamente a Edimburgo.

No me puedo creer que haya dicho esas palabras, han sido en piloto automático, pero tengo la certeza de que han salido del fondo de mi corazón. Había venido solamente para dejar distancia con Ángela, no quería tenerla cerca durante una temporada, pero ahora no quiero volver a Londres. Ya no es que no me apetezca volver a la empresa y ver a Angie a diario, es que no quiero volver a la ciudad.

Mi corazón late de pronto con tanta fuerza que me pongo nerviosa. Ni yo misma me reconozco. ¿Estoy de verdad dispuesta a abandonar Londres y volver a Edimburgo?

Angie suspira, mira alrededor del café, pero el brillo en sus pupilas me deja saber que la zorra que habita en su interior ha regresado.

—Muy bien, presenta la carta de dimisión. Como sabes, todos los contratos en nuestra empresa tienen un preaviso de un mes. El lunes te quiero en la oficina a primera hora para cumplir el período de preaviso —anuncia con el rostro impasible.

—Venga ya, Ángela, ¿en serio? En la puta vida habéis obligado a nadie a dar el preaviso de treinta días salvo a los altos directivos y yo estoy muy lejos de esos puestos. ¿De verdad me vas a obligar a volver? —protesto entornando los ojos.

—Si no quieres enfrentarte a una demanda…

Suspiro cabreada. Esa cláusula es una formalidad, ni siquiera se nos permite pagar los treinta días de nuestro bolsillo. Se supone que es para que podamos formar a otra persona en nuestro puesto, pero jamás se aplica a empleados de mi nivel. Solo lo hace para tenerme otro mes en Londres esperando que pueda haber otra oportunidad conmigo, o para hacerme la vida imposible en la oficina. Ya sabía yo que no era buena idea enrollarme con mi jefa.

—Tienes que presentarte el lunes a trabajar —espeta arqueando las cejas, como si pretendiese recordarme su autoridad.

—Estoy de vacaciones.

—Unas vacaciones que deben terminar en algún momento, ya he sido muy considerada contigo —señala haciendo un gesto con la mano como si estuviese espantando a una mosca.

—Ángela, por favor... —suplico.

—Ahora me voy. Pásate por la habitación 112 del Hotel Lowes esta noche cuando cambies de opinión. Podría considerar rebajar tu período de preaviso, o quién sabe, incluso olvidarme de él si me quedo muy contenta —añade guiñando un ojo antes de dar media vuelta y salir del café.

Sus palabras "cuando cambies de opinión" me irritan y la insinuación de que puedo reducir mi período de preaviso a cambio de sexo esta noche me revuelve el estómago. Aun así, sé que un mes a sus órdenes en la oficina será insoportable, Angie puede ser muy cabrona cuando se lo propone.

Con el corazón en un puño, respiro hondo y me dirijo con pasos cortos hasta el mostrador, donde Phoenix está preparando café para unos clientes que acaban de entrar.

—Hola —susurro sin saber muy bien qué decir.

—¿Qué quieres? —pregunta en tono seco.

—¿Podemos hablar un momento?

Se limita a negar con la cabeza antes de responder en un tono aún más frío.

—Estoy muy ocupada, ahora no puedo hablar —espeta y cada una de sus palabras son como una daga que atraviesa mi corazón y lo rompe en mil pedazos.

—¿Cuándo? —pregunto en voz baja, tratando de no forzar aún más la incómoda situación.

Su respiración se agita y puedo ver un dolor infinito en sus preciosos ojos azules.

—No lo sé, Erin —hace una pausa antes de continuar la frase—. Más tarde, esta noche tal vez. Mañana, o la semana que viene, o quizá nunca, no lo sé.

—Por favor, Phoenix, necesito hablar contigo.

—Yo también necesito muchas cosas y no siempre las consigo. Lo pensaré, ahora mismo no quiero hablar y aunque quisiese tampoco puedo. Como ves, el café está lleno de clientes y yo no puedo tomarme unas vacaciones cuando me dé la gana como tú pareces poder hacer.

A continuación, se mete en la cocina para evitar mirarme. Me deja confusa. No sé si de verdad se piensa que seguía con Ángela mientras estaba con ella, o esperaba que le diese una explicación cuando se acercó a mi mesa. Preferí hablar con ella tranquilamente una vez que se marchase Angie, no quise armar un escándalo en su café con los clientes mirando, pero veo que Phoenix en estos momentos me odia. Es la misma mirada que me dedicó hace seis años antes de cruzarme la cara de un tortazo.

Capítulo 13

Phoenix

Al cerrar la puerta del café, siento que me duele el pecho y me invade una oleada de sentimientos contradictorios. Ni siquiera he podido mantener una actitud profesional en el trabajo; he derramado el café sobre la mesa de una clienta, discutido con una de mis trabajadoras. Trato de dar algún sentido a lo que ha ocurrido con Erin, pero tan solo recibo una mezcla de emociones; nervios, tristeza, decepción, ira. Todas ellas se agitan en mi interior como las olas del mar en un día de tormenta. A ratos, siento una punzada en el estómago, como si alguien me hubiese dado un puñetazo.

A pesar de que llego a casa más tarde que de costumbre, Erin me está esperando en el porche. Esconde sus manos en los bolsillos y ha levantado el cuello de la chaqueta. Si lleva un rato ahí esperando debe estar congelada de frío, cosa que me alegro.

Tenía la vana esperanza de que no hubiese venido, preferiría hablar con ella en un momento en el que estuviese más calmada. Ahora mismo tan solo quiero meterme debajo de una manta y no volver a salir. Sé que si hablamos en estos momentos, es posible que nos digamos cosas de las que más tarde nos vamos a arrepentir.

—Phoenix, deja que te explique —susurra dirigiéndose hacia donde estoy.

—Otro día, Erin. Hoy prefiero no hablar contigo —respondo con un bufido.

—Por favor.

—¡No! —grito—. ¡Solo quiero estar sola! ¿Es tan difícil de entender?

Mis manos tiemblan al rebuscar en mi bolso las llaves de casa, pero se me caen al suelo y Erin es más rápida.

—Gracias —suspiro sin ni siquiera mirarla a los ojos cuando me devuelve las llaves.

Intento cerrar la puerta antes de que pueda seguirme, pero coloca su pie derecho impidiendo que lo haga.

—¡Es mi puta casa, Erin! ¡Quiero estar sola! —chillo amenazante.

—Dame solamente un minuto, por favor. Luego te juro que me voy —suplica.

Con un profundo suspiro, la dejo entrar y me hundo en el mullido sofá, mi mirada perdida en algún punto indeterminado del suelo. Erin se sienta a mi lado, muy callada, y al desviar los ojos puedo ver que sus labios tiemblan antes de formar las palabras.

—Deja que te lo explique —musita con timidez.

—¡No!

—Hace seis años intenté hablar contigo y tan solo recibí un tortazo. Deja que te lo explique, por favor —insiste.

Prefiero no responder a eso, sigue teniendo una percepción de lo que ocurrió aquella noche muy diferente a la mía, pero hoy me ha demostrado que sigue sin saber controlarse.

—Erin, me has estado follando y estabas prometida —balbuceo escondiendo el rostro entre las manos.

—No ha sido así.

—¿Y cómo ha sido? —protesto.

—Se llama Ángela —comienza. Habla en un tono bajo, vacilante, parece nerviosa, algo que no es común en ella.

—¿Os ibais a casar? —inquiero con el corazón a punto de salirse de mi pecho.

—Es una larga historia.

—La respuesta es sí o no, Erin. No me parece tan complicado. ¿Os ibais a casar? —insisto apretando mi mano hasta que los nudillos se me quedan blancos.

—No.

—Dijo que era tu prometida, le has devuelto un anillo o algo así. ¿Era tu puta novia y te estabas acostando conmigo? No has cambiado nada, joder.

—Fue mi novia, más o menos.

—¿Cómo puede ser más o menos?

—Ángela es mi jefa. Salimos juntas una temporada y al principio no iba mal. Luego empezó a obsesionarse, quería controlar con quién hablaba, se ponía celosa si salía con alguna amiga. Quise dejarlo, pero me lo puso muy difícil —admite mordiendo su labio inferior mientras ordena sus pensamientos.

—¿Qué quieres decir?

—Cuando le dije que lo nuestro no estaba funcionando, me propuso matrimonio y me regaló un anillo muy caro —confiesa a regañadientes, bajando la cabeza avergonzada mientras unas pequeñas gotas de sudor se forman en su frente—. No se lo estaba tomando bien, así que le dije que lo dejaba, le devolví el anillo por correo certificado y cogí unas vacaciones para alejarme de ella —añade.

—Por eso has venido.

—También quería estar en la inauguración de tu café —se apresura a responder.

—¿Y ahora?

—Debo volver a Londres —suspira.

—¿Vas a volver con ella?

—No, joder, ni loca. Hay una cláusula en mi contrato por la que debo dar un mes de preaviso antes de dejar la empresa.

—Espera, ¿vas a dejar tu trabajo? —pregunto confusa.

—Sí. Ya se lo he dicho a Ángela.

—¿Y qué harás?

—Me quedo en Edimburgo —responde encogiéndose de hombros.

—¿Te quedas en Edimburgo? —de pronto, mis manos tiemblan sin apenas poder creer lo que acabo de escuchar—. Pero antes debes volver a Londres durante un mes, ¿es así?

—Sí.

—Entonces te quedarás en la ciudad. Encontrarás otro trabajo, otra novia y te quedarás allí —replico negando con la cabeza.

Por unas décimas de segundo, mi mente imaginó un futuro junto a Erin. Una parte de mí quiere creerla, desea que sea cierto que su relación con esa mujer haya llegado a su fin y que pueda haber algo entre nosotras. Pero la conozco, Erin no puede dejar de ser Erin, y un mes es un período de tiempo demasiado largo para ella. Terminará en la cama con la primera chica que le ponga ojitos en una discoteca y todo volverá a la casilla de salida.

—La primera que no quiere regresar a Londres soy yo, puedes creerme. Esa zorra me va a hacer la vida imposible, no sabes lo hija de puta que puede llegar a ser —alega con un largo suspiro de resignación.

—Y no hay manera de que te perdone ese período de preaviso.

—Hay una.

—¿Cuál?

—Follar con ella esta noche —responde Erin como si fuese la cosa más natural del mundo.

—¿Lo...lo vas a hacer?

—¡No! ¿Cómo se te ocurre preguntarlo? Voy a volver a Edimburgo por ti... y por... y también por Vika —balbucea clavándome la mirada.

Hago una larga pausa, tratando de digerir las palabras que acabo de escuchar. Mi corazón me pide que salte sobre ella y le dé el abrazo más largo de su vida. Mi mente me repite que se trata de Erin.

—Por favor, no juegues con mis sentimientos —suspiro con miedo.

—No es ningún juego. Siempre he querido estar contigo, eras tú la que no quería. Ahora que te has vuelto Erinsexual tengo una oportunidad y no la pienso desaprovechar. No te dejaré escapar —añade arqueando las cejas.

Cuando intento pronunciar la siguiente frase, las lágrimas me nublan la vista.

—Tengo miedo de que no vuelvas.

—Lo haré —responde sin dudar.

—¿Cómo puedes estar tan segura?

—Porque me he dado cuenta de que todo lo que quiero está aquí, mi hogar está allí donde están las personas que amo —responde bajando la voz e inclinándose hacia delante para besar mi frente.

—¿Y si en este mes conoces a otra mujer en Londres? No es que tú tengas muchos problemas para ese tipo de cosas.

Erin sacude la cabeza y sonríe, esa sonrisa que hace que te tiemble hasta la punta de las orejas y que estoy convencida de que es una especie de superpoder.

—No hay nadie como tú —susurra antes de besarme.

—¿Me lo prometes? —pregunto secándome las lágrimas con la palma de la mano.

—Promesa de meñique —agrega abriendo su dedo meñique para que lo entrelace con el mío.

—Las promesas de meñique no pueden romperse —suspiro mientras dejo escapar más lágrimas.

—Nunca —añade Erin.

—Estoy confiando mi corazón en la palabra que me has dado. Sabes que si no la cumples me vas a destrozar, ¿verdad?

—Cuidaré de tu corazón —me asegura—dame solamente un mes y estaré a tu lado.

Nuevas lágrimas inundan mis ojos al escucharla. Sé que sigue siendo Erin, pero quiero creer en ella, quiero pensar que ha cambiado, deseo convencerme a mí misma de que ahora es capaz de comprometerse. Al menos, yo lucharé con todas mis fuerzas para que lo haga. Estar sin Erin simplificaría mi vida, pero también sé que cada minuto con ella merece la pena. De algún modo, consigue que cada día sea especial, que cada día cuente.

Capítulo 14

Erin

La luz de la mañana comienza a filtrarse por la ventana y un brillo cegador golpea mis ojos. Poco a poco, el sol desata sus rayos sobre las oscuras sombras del dormitorio, tiñendo las paredes de un cálido color amarillo dorado.

Trato a duras penas de abrir los ojos y las vistas a través de la ventana sobre Hyde Park son hermosas. Siempre ha sido mi parte favorita al despertarme, me recuerda que tengo la suerte de vivir en una zona privilegiada de Londres. En cambio, hoy un extraño vacío me consume al comprender que he dormido sola. Estas dos semanas se me han hecho eternas, la impresionante panorámica a Hyde Park no es nada en comparación con poder despertarme al lado de Phoenix cada mañana.

Otra vez al entrar en la ducha siento esa punzada en mi estómago, mezcla de asco y temor. La idea de pasar ocho horas de trabajo bajo las órdenes de Ángela es suficiente para que me entren ganas de vomitar. Lo único que me mantiene motivada es saber que al volver a casa veré a Phoenix, aunque sea por vídeo conferencia.

Tan solo llevo dos semanas en Londres y ya estoy deseando regresar a Edimburgo. Echo de menos a Phoenix, a Vika, a mi abuela. Todo. Quiero alejarme de la zorra de Ángela que critica a gritos cada cosa que hago, esté bien o mal. Ya ni me molesto, voy a recibir una bronca en cualquier caso. Quince días, solamente quince días más y seré libre.

Desde que he vuelto, ha insinuado en otras dos ocasiones que si me acuesto con ella podría olvidarse de mi período de preaviso, pero no pienso darle ese gusto. Si traiciono a Phoenix, no me lo perdonaría a mí misma. En su defecto, se dedica a gritarme. Lo hará el tiempo que me queda en su empresa. He colocado junto a mi mesa un collage con fotografías de Phoenix. Sé que eso cabrea a Angie cada vez que lo ve. Que se joda.

Son fotos que nos hemos hecho a lo largo de los años. Algunas de cuando no éramos más que unas niñas, otras más recientes. A su lado, una enorme foto de Vika, con esa sonrisa que me derrite el corazón cada vez que la veo. Todavía soy incapaz de poner una foto de mi hermana. No es justo que tuviese ese jodido accidente de tráfico con tan solo veintinueve años. A veces, la vida es una putada.

En cuanto el reloj marca las cinco de la tarde, recojo y salgo corriendo de la oficina. Hace tiempo pasaría dos o tres horas más trabajando, todo el mundo lo hace, es lo que se espera de ti cuando trabajas en una gran entidad financiera de la City. Ahora no le pienso regalar a la zorra de Ángela ni un minuto de mi vida. Solo quiero llegar a casa, ducharme, ponerme un pijama y esperar la llamada de Phoenix.

Siempre me reía de mis amigas cuando decían que tenían citas virtuales con sus parejas. Me parecía una tontería, ¿cómo podría competir con el contacto físico de un cuerpo desnudo? No puede, pero si no hay otra opción, es un buen sustituto. La excitación que alcanzamos a veces a través de la cámara web es sorprendente.

Hoy hemos decidido ver una película juntas en Netflix, haremos palomitas y nos acurrucaremos bajo una manta… cada una bajo la suya… a quinientos treinta y cuatro kilómetros de distancia en línea recta.

—Hola —saludo al abrir su llamada de Skype y todo mi cuerpo se estremece.

—Te echo mucho de menos —susurra—. Por cierto, te quedan muy bien las gafas nuevas.

Me ha hecho prometer que me compraría unas gafas y que jamás conduciría sin ellas. Es horrible, me molestan, las dejo olvidadas constantemente y ya he roto un par. Las dejé en el suelo junto a mi cama al irme a dormir y las pisé por la mañana. Menos mal que en la óptica estaban de oferta y daban dos pares por una libra más.

—¿Has elegido la película?

Phoenix asiente con la cabeza. Siempre elige comedias románticas. Es un género que antes odiaba, pero que últimamente hasta me divierte. A ella más que a mí, a juzgar por todo lo que se ríe durante las dos horas que pasamos juntas. Yo me conformo con observar cada uno de sus gestos, con desear estar a su lado, con soñar con besarla. Es sorprendente con qué poco te llegas a conformar cuando estás enamorada de alguien.

Finalmente, tras lo que a mí me parecen unos instantes, la película llega a su fin y Phoenix me pregunta si me ha gustado.

—Si te soy sincera, te he estado mirando a ti —suspiro mordiendo mi labio inferior—. Recordaba la última vez que hicimos el amor en la ducha antes de irme.

—Erin Miller, ¿estás intentando excitarme? —protesta con una sonrisa.

—¿Ha funcionado?

Un leve rubor tiñe sus mejillas mientras responde con voz suave.

—Tal vez.

—Si estuvieses aquí, acariciaría tu pelo entre mis dedos, besaría tu frente antes de desabrochar uno a uno los botones de tu pijama —susurro mientras yo misma hago lo que estoy relatando.

Phoenix abre los ojos como platos al ver que me desprendo de la parte de arriba de mi pijama y empiezo a acariciar mis pechos.

—Besaría tus pezones, endureciéndolos en mi boca. Me deslizaría por tu vientre hasta llegar al pubis y lo llenaría de besos —continúo colando la mano derecha por debajo de mi pantalón de pijama.

—¿Qué más harías? —pregunta Phoenix acariciando sus pechos.

—Lamería tu sexo lentamente hasta hacerte temblar— añado deslizando un dedo entre mis piernas.

—¡Sigue! —suplica.

—Te desnudaría por completo, abriría tus labios con los dedos pulgares y presionaría con la lengua la entrada de tu vagina. Después…

—¡Mastúrbate para mí! —interrumpe bajando la voz.

—¿Eso es lo que quieres?

—Sí, quiero ver cómo te corres para mí —ruega entre suspiros mientras cuela una mano entre sus piernas.

—¿Estás muy mojada?

—Ya sabes que sí, me encanta que te desnudes poco a poco. Ahora hazlo —susurra dejando escapar un ligerísimo gemido.

—¿Así?

—¡Erin Miller! ¡No puedes tapar la cámara con las bragas! Eres una cabrona, no me dejes así —chilla entre risas.

—Te lo tendrás que imaginar hasta que llegue a Edimburgo y me lo hagas tú misma —anuncio con la voz más seductora de la que soy capaz.

—Ya casi no queda nada —expone, aunque cada día se nos hace más y más largo—. Al menos, el lunes de la próxima semana es fiesta y no tienes que aguantar a la loca esa de tu jefa —añade.

—Es una hija de puta, nunca imaginé que un mes podría hacerse tan largo —reconozco entornando los ojos.

—Piensa que en poco tiempo estaremos juntas.

—Es lo que me mantiene con vida —reconozco.

Pronto mis quejas dan paso a su día a día. Comparte conmigo cada pequeño detalle de lo que ocurre en el café, hasta el punto de que siento como si estuviésemos llevando el negocio juntas, como cuando nos lo imaginábamos en el instituto.

—Estoy un poco preocupada —suelta de pronto.

—¿Y eso?

—El café va bien, pero la empresa en la que trabajan mis padres va a cerrar. El director del banco ahora quiere poner su casa como colateral para garantizar el crédito y no quiero que pasen por eso. Han trabajado muy duro toda su vida como para que algo se tuerza ahora y se queden sin vivienda —añade bajando la mirada.

—Mierda, ¡qué cabronazo el del banco!

—Ya, la verdad es que estoy muy preocupada por mis padres. Con lo que tienen ahorrado y la indemnización que van a recibir pueden arreglarse, pero querría librarles del aval.

—Verás cómo se soluciona —le aseguro tratando de darle ánimos.

Se la nota realmente preocupada y me duele verla así. Ese café ha sido su sueño toda su vida y su futuro no tendría que depender de un crédito bancario que pueden no renovar el año próximo.

Capítulo 15

Phoenix

El vacío que deja en mi interior la ausencia de Erin es abrumador, algo imposible de ignorar. Mire donde mire, todo me recuerda a ella. Con cada pequeño detalle me invade un aluvión de recuerdos.

Me siento encorvada en mi despacho, soltando un suspiro involuntario ante la pila de papeles que tengo delante de mí. Odio tratar con los bancos. No es justo que ahora amenacen con que puede haber problemas en la renovación del crédito cuando hace tan solo unos meses todo eran facilidades. Erin me explicó que lo que había hecho era muy peligroso, una línea de crédito que se renueva año a año te puede dejar fuera de juego en cualquier momento. "Con el culo al aire" fueron sus palabras.

Ahora, el director del banco dice que eso lo podríamos arreglar si ponemos la casa de mis padres como garantía. Estaría dispuesto a firmar por ocho años y a un tipo de interés más bajo, pero no puedo hacer eso. No podría dormir por las noches pensando que si algo sale mal mis padres perderían su vivienda. Tan solo ser consciente de que Erin vendrá en una semana me consuela.

—¿Todo bien, jefa? —pregunta una de mis empleadas sentándose junto a mí.

—Sí —suspiro—estaba pensando en Erin.

Prefiero mantenerlas al margen de la negociación con el banco para no preocuparlas.

—La echas mucho de menos, ¿verdad? —pregunta apretando con cariño mi hombro.

—Demasiado —admito con un susurro apenas audible.

—¿Sabes? Tampoco es que viva al otro lado del mundo. Quiero decir, en poco más de una hora podrías estar en Londres. Lo he estado hablando con el resto de las compañeras y todas están de acuerdo en trabajar turnos más largos este fin de semana si te apetece ir a visitarla. De ese modo no se notaría tu ausencia. No vamos a prender fuego al café ni nada de eso, lo dejas en buenas manos —me asegura arqueando las cejas.

—No os puedo pedir eso.

—No nos lo pides, lo hacemos voluntariamente. Es lo menos que podemos hacer por ti, eres una maravilla de jefa, trabajas más que cualquiera de nosotras y siempre estás ahí cuando te necesitamos. Estamos todas de acuerdo —insiste.

—¿Lo dices en serio? —en estos momentos debo tener cara de tonta a juzgar por la sonrisa que ha puesto mi empleada.

—Nos lo tomaríamos muy mal si no te vas. Das mal rollo todo el día suspirando y con esa carita triste. Espantas a los clientes —bromea encogiéndose de hombros—.

Antes de que me quiera dar cuenta, estoy camino de la estación Waverley Bridge para coger un autobús que me llevará al aeropuerto. Voy con el tiempo justo y las pulsaciones tan altas que temo que me pueda dar algo en cualquier momento. Ni siquiera he hecho el equipaje. Al fin y al cabo, de lo que se trata es de pasar tiempo con Erin. Conociéndola, no creo que tenga ganas de salir del apartamento, por muchas oportunidades de ocio que ofrezca una ciudad como Londres. Se le ocurrirán cosas mejores que hacer en su dormitorio.

En poco más de media hora, me encuentro en la terminal. Es un lugar bullicioso, cientos de aviones se agolpan en el cielo con destino al sur. Las pistas son un mosaico de paneles, luces y camiones de combustible.

Hay gente por todas partes, auxiliares de vuelo y pilotos que recorren con prisa los pasillos, pasajeros de todo el mundo que entran y salen de la terminal. Me siento pequeña ante tanto movimiento.

El vuelo se me hace eterno a pesar de durar poco más de una hora. En cuanto el avión toma tierra en el aeropuerto de Heathrow, un ejército de mariposas revolotea en mi estómago y mis manos tiemblan mientras espero en la cola de los taxis.

Erin me dijo alguna vez que la mejor manera de llegar al centro es coger el metro. Es más económico aunque algo más lento que el tren. En cambio, opto por uno de esos enormes taxis negros, aun sabiendo que me voy a dejar una fortuna en el trayecto porque no puedo esperar más, ni tengo la paciencia de ponerme a mirar los itinerarios.

El conductor, un señor de la India o quizá Pakistán, con una gran barba blanca y un turbante anaranjado, habla y habla sin parar. Dice que no entiende mi acento. Dado que a mí me está costando a horrores entender el suyo, me pregunto si hablamos el mismo idioma.

—Aquí, aquí —insiste, señalando un edificio cercano a Hyde Park.

—¿Está seguro? —un apartamento en esta zona debe costar una fortuna.

—Aquí, aquí —repite de nuevo—ya sabes, ya sabes.

Prefiero no discutir y me bajo del taxi, previo pago de un dineral por el trayecto. Aun así, se queja de que le he dejado poca propina y me recrimina que los escoceses somos unos tacaños.

Compruebo en Google Maps la dirección y, efectivamente, el taxista tenía razón. El apartamento de Erin está situado en un edificio señorial con vistas a Hyde Park. Se nota que en la entidad financiera para la que trabaja le pagan un buen sueldo.

Corro por los pasillos, causando sorpresa en un par de vecinos con los que me cruzo, que me miran como si me hubiese vuelto loca, y me planto delante de la puerta de Erin con el corazón en un puño.

—Apartamento 583 —susurro antes de llamar al timbre con el corazón a punto de salirse del pecho.

Todo mi cuerpo tiembla de anticipación. Se va a llevar una sorpresa que no se esperaría ni en un millón de años. Escucho el sonido de unos pasos dirigirse a la puerta y me preparo para saltar sobre Erin y quitarle la ropa en cuanto la abra.

—¡Sorpresa! —chillo en cuanto la puerta se abre—. ¡Joder!

Mi corazón se detiene. Literalmente. Esperaba saltar sobre Erin y, en cambio, me abre la puerta una rubia espectacular recién salida de la ducha, con una toalla blanca envolviendo su cuerpo de diosa griega.

—¿Qué quiere? —pregunta la rubia con cara de pocos amigos.

—Quería ver ... quería ver a Erin —balbuceo incapaz de formular una frase coherente.

—Erin no está —es todo lo que responde en un acento extraño antes de cerrarme la puerta en las narices.

Ni siquiera intento hacer una sola pregunta. Me quedo parada, temblando, lágrimas saladas llegan a mis labios tras rodar por mis mejillas.

Me niego a creerlo. Soy incapaz de aceptar que Erin me haya hecho esto. Insistió un millón de veces en que no tenía ojos para nadie más que para mí, aunque me temo que sigue siendo la misma Erin de siempre. Incapaz de estar un mes sin sexo. Le ha faltado tiempo para llevarse a su casa a una rubia despampanante.

No sé qué hacer, camino sin rumbo fijo por Hyde Park, llorando hasta que no me quedan más lágrimas. Mi vida se ha ido a la mierda en un solo golpe. Apoyo la espalda en un gran árbol y me dejo caer hasta sentarme en el suelo, abrazando las rodillas. Dirijo la mirada a algún punto indefinido y me quedo allí sentada, sin hacer nada, sin saber qué pensar. El sol comienza a ponerse sobre el horizonte, pero no quiero moverme, no quiero vivir. Jamás pensé que Erin me haría esto.

El sonido del teléfono móvil me saca de mis pensamientos devolviéndome a la realidad. "Pezones perfectos" leo en la pantalla.

Es el nombre que Erin se puso a sí misma cogiendo mi teléfono móvil antes de marcharse de Edimburgo. Me hizo gracia y no quise cambiarlo. Ojalá lo hubiese cambiado por "zorra ninfómana" o mejor aún, haber borrado su número para siempre que es lo que pienso hacer en cuanto tenga la energía necesaria.

El teléfono sigue sonando. Dos, tres, cuatro veces más. La gente que camina por el parque, ya de vuelta a sus casas, me mira extrañada y decido cogerlo porque ya me está levantando dolor de cabeza.

—Eres una zorra —ladro a modo de saludo.

—Buenas tardes a ti también, preciosa —responde Erin.

—Déjame en paz y no me vuelvas a llamar nunca más.

—¿Se puede saber qué te pasa, Phoenix? ¿Y dónde estás? Estoy preocupada por ti. Estoy en…

—Sí, estás haciendo un descanso antes de volver a follarte a la rubia del cuerpazo perfecto, ¿no? ¿Creías que no me iba a enterar? No debí confiar en ti, sabía que no puedes estar un mes entero sin follar, pero jamás pensé que me harías esto. Me has destrozado para siempre, no te puedes ni imaginar el dolor que siento en estos instantes.

—¿Qué te pasa, Phoenix? Me estás preocupando. Estoy en tu café y no me quieren decir dónde estás. Todas tus empleadas me miran muy raro y…

—¿Qué has dicho?

—Que todas tus empleadas me miran muy raro.

—Antes de eso.

—Joder, Phoenix. ¿Te encuentras bien? Estoy en tu café. Me fui a Edimburgo a pasar el fin de semana para darte una sorpresa —anuncia Erin haciendo que se me hiele la sangre, aunque eso no va a conseguir que me olvide de la rubia.

—¿No crees que ya he tenido bastante sorpresa al ver que has metido a otra mujer en tu casa? —protesto haciendo una mueca de disgusto.

—¿Irina?

—¡Me importa una mierda cómo se llame! —espeto sin pensar.

—Esa es parte de la sorpresa. He vendido el apartamento a la tipa rusa esa. Ahora podemos pagar el crédito del banco para que no te tengas que preocupar por nada. No te lo había dicho precisamente porque quería sorprenderte ¿Dónde estás? ¿Quieres que vaya a buscarte?

—Estoy en Londres —suspiro.

—¿Has dicho Londres?

—Sí.

—¿Qué coño haces en Londres? —pregunta confusa.

—Quería darte una sorpresa —balbuceo sin encontrar las palabras adecuadas para seguir—. Erin, siento lo que he dicho antes, por favor, olvídalo, fue un malentendido.

—¡Joder! ¡Qué fuerte! —exclama muerta de risa—. No me puedo creer que nos hayamos cruzado. ¡Somos idiotas! ¿Dónde te vas a quedar?

—Estoy sentada bajo un árbol en Hyde Park.

—¿Y qué haces ahí?

—Llorar.

—¿Por la rubia?

—Pues sí —confieso con una risa nerviosa.

—La verdad es que está muy buena. Es modelo de lencería o algo así —bromea.

—Erin, por favor. Bastante he llorado ya —me quejo.

Por fortuna, una buena amiga de Erin vive en ese mismo edificio y me permite quedarme en su apartamento para pasar la noche. Al día siguiente, cojo el primer vuelo con destino a Edimburgo, aunque esta vez debo prometer a mi novia que iré en metro. No puedo gastarme otra fortuna en uno de esos enormes taxis negros.

Esa noche, lo único que deseo es que el tiempo corra más deprisa. A pesar de estar en el centro de Londres, rodeada de cosas que hacer, ni siquiera salgo a cenar. Tan solo deseo estar con Erin en Edimburgo.

He sido una imbécil dudando de ella, con la venta de su apartamento me ha demostrado que lo de mudarse conmigo va totalmente en serio, aunque no puedo aceptar su dinero.

Mierda, ojalá el tiempo fuese más rápido.

Capítulo 16

Erin

El viejo Jeep vuela por la autopista en dirección al aeropuerto. No podemos ser más idiotas, ambas hemos tenido la misma idea para sorprender a la otra y nos hemos cruzado por el camino. Aun así, me he despertado varias veces por la noche pensando en lo mal que lo ha tenido que pasar la pobre Phoenix. Prefiero no imaginar su reacción cuando llegó a mi antiguo apartamento y se encontró a Irina vestida nada más que con una toalla alrededor de su cuerpo. Y encima no le dio explicación alguna de por qué yo no estaba en la casa. La modelo rusa es preciosa, pero cuando le vendí la casa me pareció un poco tonta.

Aguardo en la terminal de llegadas casi temblando. A mi lado, hay unos niños esperando por su padre. Su madre me dice que lleva dos meses trabajando en Dubai y que no le han visto desde entonces. No sé quién tiene más nervios, si ellos o yo.

Nunca me había pasado algo así, pero me sorprendo a mí misma pegando saltitos cuando los pasajeros comienzan a salir de la zona de recogida de equipajes. Tengo que apartar a una señora que se coloca delante de mí y me tapa la vista. Está esperando a su hijo y casi nos enzarzamos en una bronca, pero todo merece la pena cuando por fin la veo.

Puede que su cola de caballo esté algo desordenada o que su sudadera favorita tenga una mancha de café. Tiene pinta de que lleva la misma ropa con la que se fue a Londres, pero a mí me parece la mujer más hermosa del universo.

En cuanto nuestras miradas se cruzan, una preciosa sonrisa se forma en sus labios y nos quedamos unidas como imanes.

Phoenix corre hacia mí y me abraza, levantando mis pies del suelo. Es todo lo que debe ser un abrazo perfecto: cálido, reconfortante, protector. Hundo mi cara en su cuello y ella apoya la cabeza en mi hombro. Escucho su corazón contra mi pecho como un tambor en la lejanía, su respiración en mi oído, el inconfundible perfume con notas de madera, lavanda y vainilla.

Permanecemos un buen rato fundidas en ese abrazo, en silencio. Es una extraña situación en la que las palabras sobran. El corazón se llena de alegría y sabes que estás con la persona correcta. Con esa con la que quieres pasar el resto de tu vida.

—Mira que eres tonta venir a Edimburgo a darme una sorpresa —susurra antes de besar mis labios.

—Anda que tú irte a Londres... aunque creo que la sorpresa te la dio la modelo rusa —bromeo.

Phoenix me pega un puñetazo en el hombro antes de cerrar los ojos y llevarse una mano a la frente.

—¡No sabes el susto que me dio! Siento todo lo que te dije por teléfono, de verdad, Erin —susurra.

—Lo entiendo. Yo no sé lo que hubiese hecho si llego a tu casa y me encuentro con Irina recién salida de la ducha y cubierta solo con una toalla.

—Prefiero no averiguarlo nunca —bromea Phoenix arqueando las cejas.

Entrelazamos nuestros dedos y es como si nos hubiésemos cogido de la mano en un millón de ocasiones. Es tan natural, que apenas lo notamos.

—Entonces, ¿ya te quedas en Edimburgo? ¿Esa loca te ha perdonado una semana? —pregunta sorprendida mientras trata de abrochar el cinturón de seguridad del viejo Jeep, que se suelta una y otra vez.

—Sí. Más que me ha perdonado una semana, su superior le ha obligado a hacerlo. Sus quejas sobre mí eran tan constantes que no tenían sentido y le dijeron que me dejase marchar sin completar el período de preaviso —le explico.

—En Edimburgo para siempre —susurra cerrando los ojos y con una sonrisa un poco tonta en los labios.

En cuanto salimos del aparcamiento y nos dirigimos a la casa de Phoenix, me cuenta con detalle los planes para el cumpleaños de Vika, de los cuales mi abuela y ella me han mantenido al margen.

Cerrarán el café de Phoenix el día que cumple tres años y le haremos una pequeña fiesta con sus magdalenas favoritas decoradas con Nessie, el monstruo del Lago Ness, que por alguna razón perturbadora es su animal favorito.

—¿Te da miedo? —pregunta de pronto.

—¿Los planes del cumpleaños?

—Idiota, ya sabes a lo que me refiero.

—Sí, la verdad es que sí —confieso bajando la voz—. Supongo que el amor siempre me ha dado miedo. Significa entregarme plenamente a otra persona y nunca he estado segura de querer hacerlo.

—Te conozco desde hace muchos años y sé que para ti es un paso muy grande —susurra Phoenix apoyando su mano sobre mi rodilla antes de quedarnos un rato en silencio.

—Lo único que sé —carraspeo— es que no quiero volver a pasar ni un día más separada de ti. Te quiero.

—¿Qué?

—Ya lo has oído.

—Por favor, repítelo. ¿Es la primera vez que se lo dices a alguien? —bromea.

—Se lo digo a Vika y a mi abuela todos los días.

—Ya sabes a lo que me refiero —insiste—. Para el coche aquí mismo y repítelo —demanda con una enorme sonrisa.

—Te quiero, Phoenix —repito con un murmullo apenas audible.

—Otra vez.

—¿Cuántas veces debo repetirlo? —pregunto deteniendo el coche en una de las calles que conducen a su casa.

—Infinitas. Quiero escucharlo una y otra vez.

—Te quiero, Phoenix Black —repito besando su frente tras pronunciar cada sílaba.

—Yo también te quiero —susurra inclinándose hacia mí para besar mis labios.

Y mientras arranco el coche y conduzco el último kilómetro hasta su casa, siento dentro de mí una felicidad extraña. Algo que llena cada átomo de mi cuerpo y que estoy segura de que es la primera vez que me ocurre.

—Joder, ¿estás llorando? —se sorprende Phoenix.

—¡Qué no, idiota! Me molestan las lentillas esas que me obligas a ponerme para conducir—. Sacudo la cabeza para disimular, aunque no puedo evitar que una lagrimilla rebelde se escape de mis ojos.

Phoenix acaricia mi brazo con suavidad, no dice nada, y yo me pregunto si esto es realmente el amor, no ser capaz de imaginar la vida sin ella.

—Erin —interrumpe de pronto justo cuando aparcamos frente a su casa—. Yo también tengo miedo. Quiero que nuestra relación funcione —admite.

—Funcionará —le aseguro empujando su cuerpo contra la puerta del Jeep antes de besarla.

—¿Te mudarás a mi casa?

—Eh, eh, no me presiones. Necesito espacio —protesto levantando las manos.

Phoenix baja la mirada y puedo ver la decepción en sus ojos.

—Era solo una broma. Me encantaría mudarme a tu casa, pero hay algo muy importante de lo que debemos hablar antes —anuncio sin saber muy bien cómo le voy a plantear lo que le tengo que decir.

Capítulo 17

Phoenix

Vika lleva el pelo recogido en una perfecta cola de caballo trenzada, aunque su cara ya está llena de chocolate derretido. Erin le ha dejado meter la mano en un bote de virutas y se ha puesto perdida, para disgusto de la señora Miller que la había vestido de punta en blanco para la fiesta de cumpleaños.

—Si la niña vomita lo vas a limpiar tú —protesta la abuela de Erin.

El aroma de la masa de las magdalenas inunda el aire, las hemos decorado de todos los colores. Del techo cuelgan serpentinas rosas y azules y aún quedan varios globos intactos. Erin y Vika se han dedicado a explotar el resto sentándose sobre ellos. A veces no sé quién de las dos es la que va a cumplir tres años.

La peque abre los ojitos de par en par nada más poner la tarta sobre la mesa. Nessie, el monstruo del Lago Ness, dibujado en la parte superior bajo un gran arcoíris.

—Ahora vamos a soplar las velas y a pedir un deseo. ¿Te acuerdas de cómo se sopla? —pregunta Erin que ha estado ensayando con la niña toda la mañana.

—*Chi*. Vika asiente con la cabeza y responde sin dudarlo, aunque más que soplar, lanza una retahíla de pequeñas babas diseminadas sobre la tarta y solamente consigue apagar una de las velas.

—Otra vez.

—Vale más que no lo haga, Erin —me quejo pensando en que más tarde nos tendremos que comer esa tarta.

Por suerte, la niña se ha distraído con uno de los globos y es Erin la que sopla entre aplausos y el típico "Cumpleaños feliz" algo desafinado.

—¿Qué deseo has pedido?

—No se puede decir que si no, no se cumple —protesta la abuela.

—*Quielo vel a Nessie* —responde Vika con una enorme sonrisa.

—No sé para qué le has preguntado, ahora se va a llevar una decepción —susurro junto a su oído, aunque tendría que haber supuesto que Erin no se daría por vencida tan fácilmente.

—¡Podríamos ir a verle mañana! —propone.

—Ven un momento —murmuro cogiendo a Erin por el codo y separándola de la mesa—. Son tres horas y media de viaje. Tú eres consciente de que ese bicho no existe, ¿verdad?

Erin parece pensarlo por unos instantes, pero pronto sus ojos se iluminan y me temo lo peor.

—Si no conseguimos verlo, le decimos que estaba durmiendo. De todos modos, podemos pasar la noche en Inverness, visitar el castillo y al día siguiente ir a ver delfines a Chanonry Point —propone.

—¿Cómo que si no conseguimos verlo? Es que no lo vamos a ver, Erin, porque eso es imposible.

—Abu, ¿te apuntas mañana a ver a Nessie con nosotras? —interrumpe acercándose a la mesa.

Su abuela nos mira por encima de las gafas de pasta como si nos hubiésemos vuelto locas, pero en el momento en el que la pequeña Vika comienza a saltar y a dar palmadas de alegría, entiende que no hay vuelta atrás y accede a acompañarnos.

—Esa niña tiene mucha suerte de tener una tía como tú —susurro abrazando a Erin desde atrás una vez que nos quedamos a solas para recoger.

—Sabes que si me haces esas cosas me excitas un montón, ¿verdad? —bromea entrelazando sus dedos con los míos sobre su vientre—. Te lo digo para que luego no me riñas si manchamos la cocina con harina como la otra vez.

—Eres idiota, Erin —exclamo besando su cuello—. Me encanta cómo se te erizan los pelitos de la nuca cuando te beso —añado con un pequeño mordisco.

—Vamos a la cocina.

—No, espera. Quiero hablar de algo importante contigo. Es mejor que te sientes —indico separando un par de sillas.

—¿Y eso? Te has puesto muy seria.

—Quiero proponerte algo. No puedo aceptar tu dinero por muy bien que me venga para quitar la deuda con el banco. Pero podríamos ser socias. Al fin y al cabo, hemos fantaseado con esa posibilidad un montón de veces cuando íbamos al instituto. Tú llevarías toda la parte de marketing y las relaciones públicas y yo el resto.

—Solía estar fumada cuando lo hablábamos hace años.

—¿Eso es un no? —pregunto bajando la mirada.

—No seas tonta —responde cogiendo mis manos entre las suyas—. Me encantaría ser tu socia.

—¿De verdad?

—Que sí, joder, acéptalo antes de que me arrepienta —bromea.

—Será increíble, estaremos juntas todo el tiempo, aquí y en casa. Ojalá pudiese haberlo visto tu hermana, siempre bromeaba con que nosotras dos acabaríamos juntas y ahora mira… Sigo sin creer que haya muerto en esa mierda de accidente con tan solo veintinueve años —apunto negando con la cabeza.

De pronto, Erin se pone muy seria y aparta la mirada. La conozco desde hace mucho tiempo y puedo ver que está muy incómoda.

—Siento haber sacado el tema de tu hermana, sé que estabais muy unidas y está todavía muy fresco —me disculpo.

—No es solo por eso, llevo un tiempo pensando en cómo decírtelo y no encuentro las palabras adecuadas —expone con los ojos repletos de preocupación.

Nada más escuchar sus palabras, me da un vuelco al corazón. Sabía que esto podía pasar. Sigue muy seria y cada décima de segundo que pasamos en silencio me parece una eternidad, un castigo infinito. Supongo que le sigue dando miedo aceptar cualquier tipo de compromiso.

—Joder, Erin, si ni siquiera me has dado una oportunidad —suspiro tragando saliva.

Pensé que por fin estaba dispuesta a comprometerse en una relación seria, pero me temo que me equivoqué por completo. El problema es que me había hecho tantas ilusiones con que lo nuestro funcionaría, que apenas soy capaz de respirar.

—Oye, que no es eso —se apresura a aclarar apretando mis manos—. No tengo ninguna duda de que quiero estar contigo. Es otra cosa, y no sé cómo te la vas a tomar, ni por dónde empezar.

—Suéltalo de una vez, porque me va a dar un infarto —protesto.

—¿Te gustan los niños?

—Erin, ya sé que a ti no te gustan. Yo sí quiero niños, y ahí vamos a tener un punto de conflicto, pero no me parece el momento de tomar esa decisión ahora mismo —interrumpo sin comprender por qué saca ahora ese tema.

—Quiero adoptar a Vika.

—¿Qué?

—Quiero adoptar a Vika —repite acariciando el reverso de mi mano con su dedo pulgar . Mi abuela está ya muy mayor y me he dado cuenta de que no puedo vivir sin ella. He consultado a un abogado y al haber lazos sanguíneos entre nosotras es mucho más fácil. Phoenix, entiendo que te estoy pidiendo muchísimo, pero para mí es muy importante y …

—¡Adoro a Vika! —chillo inclinándome para abrazar a Erin.

—¿En serio?

—¡Claro! Me encantaría que se viniese a vivir con nosotras. Es un cielo de niña.

—¿Y por qué me pegas? —bromea Erin tras recibir un golpe cariñoso en el hombro.

—Porque casi me da un infarto, idiota. Pensé que me ibas a dejar y a punto estuvo de que se me parase el corazón —me quejo entornando los ojos.

—Sabes que te vas a tener que cortar con tus gemidos cuando esté Vika, ¿verdad? No quiero que se piense que te estoy matando o algo parecido.

—De verdad que no sé qué hacer contigo —susurro tirando de su mano hacia la cocina—. Te voy a demostrar que la que gimes eres tú —añado con un guiño de ojo.

Capítulo 18

Phoenix

Vika corretea junto al lago, deteniéndose cada pocos pasos para ver si es capaz de ver a su adorado Nessie. Está llena de energía tras haber dormido las tres horas y media del trayecto en coche. Le hemos explicado que al monstruo también le encanta dormir, y muchos días se los pasa enteros descansando en el fondo del lago o jugando con los peces, pero sigue abriendo sus ojitos de par en par intentando divisarlo en la lejanía.

Al menos, iremos al día siguiente a ver delfines en Chanonry Point y volverá con un buen recuerdo.

—¡¡¡Abu!!! —grita de pronto corriendo asustada hacia la abuela de Erin.

—¡Joder! ¿Qué coño haces? —protesto.

—Soy Nessie —anuncia Erin disfrazada de dinosaurio, intentando poner una voz de ultratumba como si fuese un fantasma.

—No te asustes, cariño. Es que tu tía es un poco tonta —la consuela la abuela limpiando las lágrimas de la niña y poniendo los ojos en blanco.

—Tú sabes que vas vestida de Tiranosaurio, ¿verdad? —pregunto sorprendida.

—No había otro disfraz. ¿Dónde quieres que encuentre uno de Nessie? —protesta Erin como si fuese algo obvio.

Por suerte, la pequeña se repone rápidamente del susto y está encantada con el disfraz de dinosaurio de su tía. Niños y adultos la miran con asombro mientras corre por la orilla del lago perseguida por un Tiranosaurio que amenaza con comerla con patatas y a mí se me queda cara de tonta al verlas.

Al atardecer, la pequeña Vika mira hacia arriba y coge la mano de Erin. A continuación, la mía. Le hemos explicado que se vendrá a vivir con nosotras, aunque seguirá viendo a la abuela casi todos los días.

—Me *alegla* que ahora vayas a ser mi mamá, tía *Elin* — exclama la niña abrazando su cuello mientras mi novia abrocha el cinturón de la sillita del coche.

—No estoy llorando —susurra Erin al observar que no le quito ojo mientras se limpia las lágrimas con la manga de la sudadera.

—Me gusta mucho más la nueva Erin —le aseguro acariciando su brazo con delicadeza—. La Erin sensible, la que es capaz de llorar. No la que hacía llorar a otras.

De continuo, me he quejado de la mala suerte que tenía con mis parejas. Ahora, supongo que el destino me tenía preparado algo especial. Erin siempre ha estado ahí, delante de mis narices, y yo solamente la veía como a esa amiga divertida y un poco irresponsable con la que sabes que jamás llegarás a nada. Ahora creo que no podría vivir sin ella a mi lado.

Cada noche, mientras me abraza o apoyo la cabeza sobre su pecho, sueño con un futuro juntas. Con miles de días llenos de felicidad y noches repletas de pasión a su lado.

Cuenta una leyenda Celta que, aunque las almas gemelas desean reencontrarse en su paso por la tierra, solo aquellas almas que aprenden lo suficiente de sus errores y consiguen cambiar, merecen estar unidas para siempre.

Erin ha cambiado. Ha cambiado más de lo que jamás pensé que podría hacer. Me ha demostrado que es una persona sensible, divertida, una mujer que me quiere y que hará todo lo posible para hacerme feliz. A su lado me siento segura, deseada, completa. Si la leyenda Celta tiene algo de verdad, Erin ha cambiado lo suficiente como para merecer encontrar a su alma gemela. Y esa espero ser yo.

Otros libros de la autora

Tienes los enlaces a todos mis libros actualizados en mi página de Amazon.

Si te ha gustado este libro, seguramente te gustarán también los siguientes: (Y por favor, no te olvides de dejar una reseña en Amazon o en Goodreads. No te lleva tiempo y ayuda a que otras personas puedan encontrar mis libros).

"Sueños rotos"

"La escritora"

Serie Hospital Collins Memorial. Libros autoconclusivos que comparten hospital y varios de los personajes.

"Doctora Park"

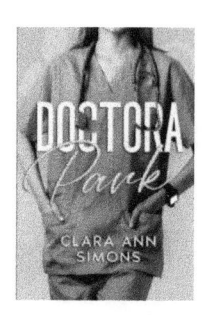

"A corazón abierto"

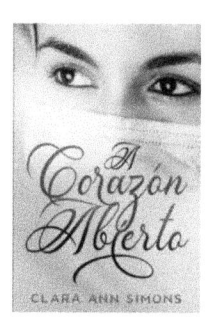

"Doctora Wilson"

"Nashville"

"Bailarina"